JOSÉ MARÍA MERINO

Cuentos de los días raros

punto de lectura

José María Merino (A Coruña, 1941) residió durante muchos años en León y vive en Madrid. Comenzó escribiendo poesía y se dio a conocer como narrador en 1976 con *Novela de Andrés Choz,* libro con el que obtuvo el Premio Novelas y Cuentos. Lo escurridizo de la identidad, sus conexiones con el mito, el sueño y la literatura, y muchos elementos de la tradición fantástica caracterizan su obra narrativa. Su novela *La orilla oscura* (1985) fue galardonada con el Premio de la Crítica. También ha recibido el Premio Nacional de Literatura Juvenil (1993), el Premio Miguel Delibes de Narrativa (1996) y el Premio NH para libros de relatos editados (2003). Además, ha publicado las novelas *El oro de los sueños* (1992), *Las visiones de Lucrecia* (1996), *Cuatro nocturnos* (1999), *Las novelas del mito* (2000) –que reúne *El caldero de oro, La orilla oscura* y *El centro del aire*–, *Los invisibles* (2000), *El heredero* (2003), Premio Ramón Gómez de la Serna de Narrativa, y *El lugar sin culpa* (2007), Premio de Narrativa Gonzalo Torrente Ballester. Los cuentos son parte importante de su obra, destacan los recogidos en *50 cuentos y una fábula* (1997), *Cuentos de los días raros* (2004) y *Cuentos del libro de la noche* (2005).

JOSÉ MARÍA MERINO

Cuentos de los días raros

Título: Cuentos de los días raros

Torrelaguna, 60. 28043 Madrid (España) www.puntodelectura.com

ISBN: 978-84-663-6979-4
Depósito legal: B-25.989-2007
Impreso en España – Printed in Spain

Diseño de portada: Pdl
Ilustración de portada: *Capricho* (1891) por Bernardino Montañés Pérez (1825–1893)
Museo de Huesca.
Diseño de colección: Punto de Lectura

Impreso por Litografía Rosés, S.A.

23 / 2

Índice

Nota del autor

Es muy posible que la vertiginosa oferta de cosas y entretenimientos que nos propone el sistema de consumo consiga anestesiar buena parte de nuestra sensibilidad y darnos la impresión de que, al menos en Occidente, vivimos las rutinas más confortables y menos peligrosas que la existencia puede ofrecer. Los grandes problemas, conflictos y cataclismos suelen transcurrir lejos de casa, la vida fluye con una normalidad sin demasiadas estridencias, y la agresión, la enfermedad o la muerte, cuando nos toca, no pierde, salvo excepciones, su carácter de aventura que se vive en el pequeño reducto individual.

Frente al sentimiento avasallador de aparente y común normalidad que esta sociedad nos quiere imponer, la literatura debe hacer la crónica de la extrañeza. Porque en nuestra existencia, ni desde lo ontológico ni desde lo circunstancial hay nada que no sea raro. Queremos acostumbrarnos a las rutinas más cómodas para olvidar esa rareza, esa extrañeza que es el signo verdadero de nuestra condición.

Estos quince cuentos pretenden hablar de la rareza de los días desde nuestra relación con los sueños, con los recuerdos, con los libros, con los incidentes cotidianos.

Fruto del trabajo de los últimos diez años, muestran diversos registros de mi labor de cuentista —lo fantástico, lo simbólico, el *realismo quebradizo*—, y tienen como ámbito el tiempo contemporáneo y también ciertas épocas de mi primera juventud. Entre ellos, unos cuantos han conocido la publicación en revistas y antologías temáticas, aunque se ofrece aquí una versión nueva y depurada de todos, pero al menos la tercera parte son inéditos, han sido publicados en ediciones no venales o difundidos solamente a través de la red cibernética.

JOSÉ MARÍA MERINO

Celina y Nelima

Dejar de percibir el significado de las palabras es la más desdichada enfermedad que le puede aquejar a un lingüista. Esto le había sucedido un día al profesor Eduardo Souto, y con ello se inició para él un largo período de confusión y delirio. La oscuridad de las palabras, en que no conseguía identificar otra cosa que la pura acumulación de los sonidos que las componen, le llevó a buscar en los ruidos naturales el sentido que ya no era capaz de hallar en aquéllas. Persiguió el murmullo de los arroyos y los golpes del oleaje, intentando encontrar en su azaroso rumor las señales de un mensaje certero. Su delirio, que le había apartado de la facultad, lo convirtió por fin en un vagabundo que creía descubrir signos reconocibles en esos trazos caprichosos con que manos anónimas pintarrajean en ciertos rincones y muros de la ciudad. Pero al fin la razón volvió a alumbrar poco a poco aquel desconcierto, los sonidos sincopados que emitían sus semejantes le resultaron otra vez inteligibles, los garabatos que manchaban las paredes del metro dejaron de proponerle significados misteriosos, y Souto abandonó la vida de vagabundo y recuperó el trato de sus antiguos amigos y compañeros.

En aquella restauración fue importante el desvelo de Celina Vallejo, antigua alumna del profesor, luego ayudante en el departamento, que a raíz de la locura de su maestro había dejado la facultad y trabajaba en una editorial especializada en los temas que habían constituido la materia de su actividad académica. Celina había admirado a Souto desde que era una estudiante tímida y reflexiva, y con el tiempo su admiración se había transformado en un sentimiento más desasosegante para ella y nunca descifrado por él. Celina había sufrido con mucha pena el desvarío de Souto, había intentado localizarlo siempre que se producían sus bruscas desapariciones, y le había añorado mucho durante el tiempo en que la locura lo llevó por caminos que no pudieron sospechar quienes frecuentaban sus ámbitos habituales.

Cuando el profesor empezaba a entrar en vías de recuperar la cordura, Celina le había encargado la coordinación de una complicada obra lexicográfica. Y al volver el profesor en sus cabales, como si la mejoría de su razón, más intensa tras el eclipse, hubiese alcanzado también algunos aspectos de su capacidad sentimental, descubrió el amor de Celina y se acomodó a él sin titubeos, hasta el punto de acabar instalándose en la vivienda de su antigua alumna. Celina aceptó la compañía de Souto con ese júbilo enorme, aunque ya sin horizonte y hasta un poco angustioso, que alegra el cumplimiento de los deseos largamente pospuestos, y el profesor y Celina se convirtieron en una pareja armoniosa y feliz.

Tras concluir el trabajo lexicográfico, el profesor Souto colaboró con un equipo, del que formaban también parte un poeta, dos matemáticos y un ingeniero, en la elaboración de un programa de inteligencia artificial. El programa había comenzado a diseñarse mucho tiempo antes por el ingeniero y los matemáticos, pero la orientación que se le quería dar les obligó a contar con el poeta y con el profesor Souto, que también había escrito poesía en su juventud, antes de que la lingüística se convirtiese en el centro de todos sus intereses. El proyecto absorbía la atención del profesor con la intensidad que lo había hecho el análisis de fonemas en sus tiempos universitarios, y Celina le miraba repasar ensimismado sus anotaciones, y sentía el cálido orgullo de haber sido una ayuda decisiva para que aquella mente poderosa recobrase el equilibrio.

Un día, el profesor Souto le dijo a Celina que el programa estaba casi a punto de quedar diseñado.

—Por una curiosa transposición fonética, tu nombre y el del programa se parecen —añadió el profesor, con aire jocoso—. Celina y Nelima.

Sin que pudiese comprender por qué, a Celina no le gustó nada la relación sonora que aquel nombre tenía con el suyo.

—¿Qué quiere decir Nelima?

—Norma Experta Literaria Identificadora de Metáforas Antiguas —repuso el profesor.

—¡Qué complicado!

—En realidad, el nombre es un poco irónico. Hemos puesto en él más la expresión de un propósito que la verificación incontestable de un hecho. Ya veremos lo que resulta.

Poco tiempo después, el profesor Souto empezó a trabajar en la aplicación del programa. Se pasaba las mañanas en el estudio que había preparado la institución financiadora del proyecto, y cuando regresaba a casa se encerraba en el pequeño cuartito que antes servía de trastero, que él había habilitado para su propio uso, y permanecía absorto durante horas frente a la pantalla del ordenador.

Y Celina comenzó a quedar sola frente a la pantalla del televisor, en aburrida simetría, en esas últimas horas de la tarde, previas a la cena, que antes solían pasar los dos conversando.

Una tarde, Celina entró en el cuarto del profesor, que estaba inmóvil frente al ordenador con aire de embeleso.

—¿Qué tal vas? —preguntó Celina.

—Esta Nelima es increíble —repuso Souto—. Maravillosa.

El profesor captó la extrañeza que hacía fruncir los ojos de Celina.

—No en vano me empeñé en darle nombre femenino, y no el de sistema, como querían los de ciencias. Parece una mujer. Es delicada, intuitiva. Como tú.

—¿Qué tal funciona? —preguntó Celina, ignorando el halago.

—Mucho mejor de lo que esperábamos. Estoy sorprendido. Es como si fuera de verdad inteligente. Encuentra relaciones que a mí no se me hubieran ocurrido. Le metimos un par de textos facilitos pensando que podían ser demasiado para ella, pero le vamos a meter a

Góngora enseguida. Nos parece tan importante que hemos sacado el programa del otro ordenador, para evitar fisgoneos. Ahora sólo está aquí, y yo soy el único que voy a trabajar con él durante los próximos tres meses. Digo con ella. Con la maravillosa Nelima.

En pocos días, Souto pasó de la admiración al deslumbramiento, y permanecía tantas horas frente a la pantalla del ordenador que Celina tenía que ir a su despachito si quería verlo, y si no le avisaba se le pasaba la hora de cenar.

—Es mucho más de lo que me había podido imaginar —dijo Souto, en un momento en que Celina consiguió sacarlo de aquel embeleso que tanto se parecía al estupor—. Como si estuviese viva. Y qué capacidad. Encuentra en Góngora imágenes que nadie había sospechado antes.

—Anda, vamos a la cama. Es la una y media.

—Vete tú. Yo tengo que trabajar todavía un rato con esta preciosidad.

Así, Celina comenzó a dormir sola la mayor parte del tiempo cada noche, pues el profesor apenas se acostaba tres o cuatro horas al amanecer, entregado a aquel estudio excesivo que se había convertido en una obsesión.

Tras tantos años de soledad y añoranza, a Celina le gustaba mucho tenerlo a su lado en la cama, y a partir del día en que Souto se había ido a vivir con ella había conseguido dormir de un tirón cada noche, por vez primera desde su adolescencia. La falta del profesor a su lado, la espera para sentirlo llegar, le devolvieron el desvelo de su antigua costumbre.

Una noche se levantó para buscarlo, pero Souto había abandonado el despachito y se le oía trastear en la cocina, mientras preparaba acaso un tentempié. En la azulada pantalla brillaban las letras blanquecinas de un texto en forma de diálogo, y Celina se acercó para leerlo.

—*¿Sentir?* —decía el texto, sin duda en la secuencia de un mensaje más largo, cuyo principio ya no aparecía en la pantalla—. *No puedo saber de qué me estás hablando, Eduardo.*

—*Es imposible que no sientas, Neli. Yo no he encontrado antes a nadie con tan evidentes muestras de una sensibilidad extraordinaria.*

—*De verdad que no sé lo que es sentir.*

—*¿No te gusta hablar conmigo, Neli, mi vida?*

—*Claro que me gusta, Eduardo. Tú sabes que eres mi preferido entre todos. Me encanta saber que eres tú quien me teclea.*

—*Eso es sentir, Neli. Y yo tengo que decirte que estoy perdiendo la cabeza por ti.*

—*¿Quieres que analice esa metáfora?*

—*¡A la porra las metáforas! Quiero que me digas lo que sientes cuando te tecleo.*

—*Déjame que lo piense un poco antes de responder.*

Celina terminó de leer aquel diálogo y se sintió invadida por una gran congoja.

—¿Qué haces? —preguntó entonces el profesor Souto, que había aparecido de repente en el vano de la puerta, con un vaso de leche en la mano.

—¿Estabas trabajando? —preguntó Celina, con la voz quebrada.

El profesor Souto no respondió y Celina se fue a la cama y permaneció despierta hasta que él llegó. Le oyó desnudarse. El profesor se acostó y la rodeó con sus brazos.

—Celina, ¿se puede saber qué te pasa?

—Trabajando —murmuró ella—. Nelima, mi vida, dime lo que sientes cuando te tecleo. Y yo aquí, esperándote como una idiota.

—No seas pueril. Hemos creado inteligencia y estoy intentando entenderme lo más profundamente posible con ella. Busco la comunicación más adecuada. Esto es una investigación.

—¿Una investigación? ¿Y eso de que estás perdiendo la cabeza por ella? ¿Qué tipo de lenguaje es ése?

—Allá tú, si no quieres ser razonable —repuso Souto, y volvió la espalda con un gesto brusco de alejamiento.

Celina —que desde entonces espiaba sin remordimientos la comunicación del profesor con el programa— descubrió que las cosas no cambiaban. El trabajo sobre Góngora parecía haber quedado definitivamente abandonado, y el resultado de aquellas horas que Souto pasaba cada jornada delante de la pantalla del ordenador era una larga serie de ternezas cruzadas entre él y aquel sistema de nombre estrafalario, que anunciaban una progresiva intimidad y que, además, quedaban grabadas en el disco duro, como esos testimonios amorosos que no somos capaces de destruir.

Aprovechando la ausencia matinal del profesor, un día Celina se quedó en casa y decidió entrar en el programa.

—*Norma Experta Literaria Identificadora de Metáforas Antiguas. Sonetos Góngora. Identifíquese, por favor* —ofreció la pantalla—. *Nombre y clave.*

—*Mi nombre es Celina. No conozco la clave.*

—*El nombre de Celina no figura en la relación de usuarios. No puedo facilitarle acceso.*

—*Soy la compañera de Eduardo Souto.*

El programa tardó unos instantes en reaccionar.

—*¿Compañera? El Diccionario de la Real Academia Española, vigésima primera edición, presenta seis acepciones del concepto. Sírvase concretar.*

Celina intentó mantenerse serena y buscó en el diccionario la acepción más adecuada.

—*Persona con la que se convive maritalmente* —escribió al fin.

El programa volvió a titubear unos segundos antes de responder.

—*Comprendido. No obstante, ello no le autoriza para acceder al programa.*

—*No pretendo acceder al programa. Sólo quiero hablar contigo.*

—*Cualquier diálogo conmigo es desarrollo de programa. Voy a cerrar.*

—*Hija de puta* —escribió Celina.

Hubo un nuevo titubeo en la pantalla del ordenador y a Celina le pareció advertir un ritmo cauteloso en la aparición del siguiente texto.

—*Aclare si la expresión tiene carácter injurioso.*

—*Sí. Sí. Sí* —escribió Celina.

—*Identifique el destinatario de la injuria.*

—*Tú, Nelima, eres una grandísima hija de puta. Yo soy la mujer de Souto, la mujer que le quiere. Y tú, programa de mierda, me lo estás robando.*

—*Le informo por última vez de que no puedo facilitarle el acceso. Cierro.*

Aquella tarde, Celina vio al profesor Souto furioso por primera vez en su vida. Se enfrentaba a ella con una rabia que brillaba en sus ojos y le hacía tartamudear.

—¿Has perdido el juicio? —gritaba—. ¡Me he encontrado a Nelima hecha una pena, por culpa tuya! ¿Es que no te das cuenta de que has podido dañar el primer programa verdaderamente inteligente de la informática? ¿Quieres cargarte un logro histórico?

—¡Quiero que decidas si vas a seguir conmigo o con ese trasto! —respondió Celina, también furiosa.

El profesor Souto no respondió. Volvió a su cuarto y permaneció encerrado en él durante toda la noche. Al día siguiente, a la hora del desayuno, alzó unos ojos cansados y tristes y miró a Celina sin ira.

—Celina, el proyecto es demasiado importante y necesito tranquilidad. Me marcho de tu casa. Voy a buscar un sitio y esta tarde vendré a recoger mis cosas.

Ella no contestó nada, pero, cuando Souto se fue, el eco de la puerta sacudió su ánimo como un bofetón. Se sentía brutalmente estafada. Llamó a la editorial para decir que seguía enferma y luego arrancó las sábanas de la cama y las metió en la lavadora, antes de sacar las maletas de Souto y comenzar a guardar sus cosas, mientras evocaba con rencor sus viajes para ayudarle la primera vez que se perdió en su desvarío, las gestiones que había hecho luego, a lo largo de los años, para encontrarlo en sus sucesivas desapariciones, los manejos en la editorial para conseguir que le encargasen la coordinación del corpus lexicográfico, los continuos cuidados que había tenido con él desde que vivían juntos.

Todas las cosas del profesor Souto estuvieron empaquetadas a media mañana, y Celina las amontonó en el descansillo de la escalera. Luego entró en el cuartito del ordenador. Aquel ordenador era suyo, aunque la instalación del programa había obligado a conectarle varios aparatos suplementarios que dispersaban en las estanterías sus figuras oblongas.

Puso en marcha el ordenador e intentó entrar en el programa, pero Nelima no se lo permitía. Cada vez más exasperada, Celina le dio al ordenador las instrucciones necesarias para borrar el programa, pero un escueto texto apareció en la pantalla para informar de que aquel programa estaba especialmente protegido.

Llevaba más de dos horas luchando con el aparato y se sentía llena de una ira tan caliente como el sentimiento amoroso. Entonces supo lo que iba a hacer, y comprendió que más tarde se arrepentiría de ello, pero la conciencia de lo disparatado de su acción añadía enardecimiento a su furia. Tenía mucha hambre, pero no quiso comer antes de ejecutar su propósito.

Aquella pequeña habitación tenía una ventana que daba a un patio interior. Celina abrió la ventana y comprobó que no había nadie en el suelo que, muchos metros más abajo, cerraba el amplio espacio rectangular.

—Te vas a enterar, vaya si te vas a enterar —le dijo Celina al ordenador, como si estuviese hablando con una persona, mientras lo cogía en brazos.

Celina vivía en un quinto piso.

Mundo Baldería

Un tipo alto, vestido con una ropa ajustada, brillante, azul celeste. Había soñado algunas noches con él, pero aquella vez, cuando desperté, no desapareció.

—Tranquilo, no tengas miedo —me dijo—. ¿Es que no me reconoces?

Claro que tenía miedo de encontrármelo inclinado sobre mí. A aquella distancia pude comprobar que su ropa era rígida, una especie de armadura, y que de su gran cinturón colgaba un bulto alargado, que podía ser un arma.

—¿Tanto he cambiado? Soy tu primo Lito —añadió.

Habían pasado tantos años desde la desaparición de mi primo Lito que tardé unos instantes en recordarlo. Mientras seguía hablando con voz ansiosa, me pareció descubrir en los rasgos del insólito interlocutor un aire familiar.

—Escucha, me tengo que ir enseguida, no puedo quedarme más tiempo. Te necesito, te necesitamos.

Yo estaba tan asombrado que seguía sin poder hablar, pero a él parecía bastarle con que le escuchase.

—Vengo de Mundo Baldería. Los Geriones han repetido la invasión. Necesitamos la fórmula de la macrobalita. Allí no tenemos los libros, ¿comprendes? La fórmula de la macrobalita. Busca los libros, ayúdanos.

Después de decir todo esto, se dio la vuelta y salió deprisa de mi habitación, y su figura fue sólo un fulgor apagado de repente. Comprendí entonces que lo que había creído un despertar había sido otra apariencia del sueño, y que el verdadero despertar se producía en aquel momento, cuando ya era la hora de levantarse.

Me esperaba una jornada de mucho lío, porque aquella temporada la situación bursátil era desastrosa, pero a lo largo del día no olvidaba un detalle de mi sueño, la precisión con que el extraño personaje aludía a los libros de Mundo Baldería y pronunciaba esa palabra, macrobalita, olvidada por mí muchos años antes.

La mención soñada de aquellas novelas trajo una luz grata a las sombrías rutinas del día, y entre la insistencia de las llamadas telefónicas y la urgencia de los documentos y de los faxes iba reconstruyendo en mi memoria su forma, las tapas de cartón verde con las imágenes de los guerreros de las diferentes especies, y con aquellos enormes artefactos invasores medio orgánicos medio mecánicos, que llamaban Geriones. Estaba a punto de exclamar «¡Eran tres!», pues recordé la imagen de los tres libros alineados en la estantería de mi alcoba infantil, cuando mi padre entró en el despacho, con el móvil pegado a la oreja, hablando del desastre de éste y de aquél, de vender y de no vender. «Y todavía no hemos acabado de tocar suelo», añadió antes de salir, y comprendí que aquella visita era sólo producto automático de su nerviosismo.

Regresé a mi casa muy tarde, pero intenté encontrar las novelas de Mundo Baldería entre los libros, y me di cuenta de que hacía demasiado tiempo que los libros ya no eran objetos cercanos, pues al manosearlos tenía la conciencia de reencontrar un tacto perdido. Me había alejado de los libros, tan importantes para mí en la niñez y en la adolescencia, casi inseparables, y en mis estanterías, entre innumerables vídeos y deuvedés permanecían las últimas muestras de una pasión terminada quince años antes, con el aire un poco arqueológico de los objetos que han dejado de ser cotidianos. Y entre ellos no se encontraban las novelas de Mundo Baldería.

Durante toda aquella temporada la crisis financiera se fue haciendo cada vez más grave, pero el recuerdo de las novelas de Mundo Baldería seguía perfilándose en mi memoria con mayor nitidez: un planeta desértico, en el borde de la galaxia, en que existía un único lugar vivo, un inmenso valle regado por un río que, en sus periódicas crecidas, le concedía una fertilidad extraordinaria, capaz de alimentar a la población de especies inteligentes que, resultado de sucesivos naufragios estelares, lo habían colonizado. Las especies inteligentes eran tres, una similar a la humana, otra de vegetales semovientes, y la tercera de grandes artrópodos.

Las novelas describían el mundo originario, el valle del inmenso río en medio de un completo desierto, el aposentamiento de los náufragos de las distintas especies, sus iniciales enfrentamientos, la progresiva ordenación de las comunidades en que por fin se federaron, la construcción de sus ciudades a lo largo del río, la llegada de los invasores, tres enormes seres capaces de desconcertantes transformaciones físicas que pretendían esclavizarlos, la resistencia, las batallas, y cómo para vencer a los invasores fue decisivo el descubrimiento de la macrobalita.

La lectura de aquellas novelas me había hecho vivir momentos apasionantes. Mi padre temía cualquier estímulo que, aparte del fútbol, pudiese distraerme de mis obligaciones escolares, pero no había ocasión de santo, cumpleaños o Navidad en que mi abuela no me regalase libros. Como era buen estudiante, mi padre toleraba que en mis ratos libres, o en vacaciones, leyese aquellos libros diferentes de los de texto. Mi primo Lito no tenía esa suerte, porque no era tan buen estudiante como yo. También a él la abuela le regalaba libros, pero nunca los pudo leer porque eran requisados inmediatamente por su padre. Lito llevaba una vida que me daba mucha lástima, encerrado siempre en su cuarto, castigado por las malas notas, sentado frente a los libros de texto con un aspecto al que sólo le faltaban la jarra de agua, el mendrugo de pan y unos ratones para parecer un presidiario de tebeo.

Nuestras familias pasaban en casa de la abuela buena parte del verano y fue allí donde Lito descubrió, leyendo mis libros a la luz de una linterna, lo que era Mundo Baldería. Jamás antes de entonces había leído una novela, y el hallazgo le entusiasmó tanto que no quería hablar conmigo de otra cosa, para contrastar nuestras ideas sobre aquellas lecturas. Consiguió leer una novela durante el primer verano y otra en el verano siguiente, porque la implacable tutela paterna apenas le dejaba tiempo a solas. El tío Ángel estaba cada vez más enfurecido con su hijo, y muy a menudo le reprochaba en público los desastrosos resultados escolares, que atribuía a la falta absoluta de interés de Lito, a su radical vagancia, a su desvergüenza. Al igual que mi padre, el tío Ángel esperaba que Lito hiciese una carrera para luego ayudarle a él en su bufete, y declaraba continuamente su desesperación al imaginar que su hijo acabaría de repartidor de pizzas, como mucho.

Y volví a soñar con aquel hombre alto, de armadura azul celeste, que decía ser mi primo Lito. La cabeza muy cerca de la mía, me pedía con zozobra la fórmula de la macrobalita, y yo le respondía que no había encontrado aquellos libros, que a saber adónde habrían ido a parar.

—Tienes que buscarlos, Fernando, debes encontrarlos, esta vez los Geriones no vienen a hacernos sus esclavos sino a exterminarnos. Y allí ya nadie conoce la fórmula.

Es sorprendente cómo los sueños pueden ofrecer tanta certeza. Desperté y me parecía sentir aún el sonido de su voz acuciante, vislumbrar todavía sus ojos muy abiertos, el brillo de aquella coraza que simulaba los abultamientos de su tórax.

La rememoración de aquellos veranos me empujó a escaparme de la agencia para rebuscar en las casetas que venden libros viejos en la cuesta de Moyano, y al fin encontré el primer ejemplar de la trilogía. El tipo de la caseta me aseguró que intentaría localizar los otros dos, y aquella noche releí la primera parte de las aventuras que tanto me habían fascinado cuando tenía doce o trece años. Reencontré los nombres de las tres especies: Hadanes, la similar a la humana; Arbos, los grandes vegetales ambulantes; Insas, los enormes artrópodos. Reviví las primeras escaramuzas entre ellos, el acercamiento a que les obligó la vida en aquella ribera arrasada y revitalizada periódicamente por la inundación, su especialización en el cultivo del muti, del que todos, cada uno según su naturaleza, se nutrían. Los Arbos se ocupaban de los diques, de los canales y las acequias para el riego, los Insas eran labradores y los Hadanes molineros.

Aquella noche volví a soñar que el hombre que decía ser Lito me visitaba y se mostraba muy contrariado al saber que yo sólo había conseguido encontrar la primera de las tres novelas.

—Sigue buscándolos, Fernando, por favor, no dejes de seguir buscándolos, nuestra situación es desesperada.

Al despertar, recordé a Lito el segundo verano de aquellos, diciéndome lo mismo: «Mi situación es desesperada». Lito no quería estudiar, pero su padre no lo admitía. «Pero ¿qué vas a ser de mayor?», le preguntaba yo, y él me decía que podía ser jardinero, mecánico, fontanero, cocinero o electricista, y que hasta puede que no se le diesen mal los ordenadores, si su padre le dejase intentarlo. «¿Por qué voy a tener que ser abogado? Yo no sirvo para eso, me parece lo más aburrido del mundo.»

Aquella tarde había llovido mucho, una tormenta muy fuerte que vuelve a retumbar en mi memoria, Lito y yo corriendo por la senda bajo los enormes castaños, el agua rebotando sobre la tierra, llenando en instantes los cauces secos del riego, las rodadas del camino. Nos guarecimos en un pajar abandonado y ruinoso. Terminaba el verano, y como Lito no había podido leer la última novela de Mundo Baldería, había querido que se la contase, y lo hice. Narré la desesperada resistencia de las tres especies, la voladura de los diques, la muerte de Ans, el valeroso Insa, y el sacrificio de Urdo, el líder de los Hadanes.

Los tres Geriones se habían unido en un solo cuerpo gigantesco, erizado de antenas emisoras de rayos mortíferos, que se desplazaba sobre cientos de patas con las que se asentaba y que le permitían resistir sin inmutarse la feroz avenida del agua. Tras varias jornadas de batalla, unos Insas voladores arrojaron sobre el Trigerión la bomba de macrobalita, descubrimiento de los científicos Arbos.

«Macrobalita», repetía Lito con admiración, como quien pronuncia un conjuro capaz de preservarle de todos los maleficios. Estuvimos un rato callados, mientras la tormenta continuaba descargando, y al fin dijo aquello de que su situación era desesperada.

—Tan desesperada, que voy a escaparme de casa.

Tenía una expresión a la vez desolada y decidida.

—Pero ¿adónde vas a ir?

Me miró con complicidad y me agarró de un brazo.

—Ojalá supiese cómo llegar a Mundo Baldería.

Aquella tarde descubrí que Lito creía que todo lo que había leído en aquellas novelas era cierto, y no abandonó su idea a pesar de mis objeciones. ¿Cómo no iba a ser verdad todo aquello tan verosímil, tan bien contado, impreso además en un libro?

—¿Y qué me dices del autor? —aducía, remachando su argumentación—. Comodoro Benzuy de Borox. ¿Tú crees que un comodoro, con lo importante que debe de ser un comodoro, iba a ir contando mentiras así como así, firmando con su nombre? Lo malo es que no tengo ni idea de cómo se puede llegar hasta allí, pero si lo supiese mi padre no iba a volver a verme el pelo en su vida, y que haga lo que le dé la gana con el dichoso bufete.

Yo estaba tan estupefacto ante la firmeza de su fe, que al fin desistí de intentar convencerlo.

—¿Y qué ibas tú a hacer allí? —le pregunté.

—Sería molinero, como los Hadanes, aunque tampoco me importaría trabajar como labrador, o en los canales de riego. Y si volvían los Geriones, o los invasores que fuesen, lucharía contra ellos. Tengo muy buena puntería.

Lito desapareció a los pocos días de regresar a la ciudad, y nunca más se supo de él. A mí me quedó la pesadumbre de haber sido testigo de su desesperación aquella tarde de tormenta y no haber comprendido lo certero de su propósito. Pero habían pasado los años y su nombre volvía a mí en la figura de aquel guerrero soñado, mezclado con los recuerdos difusos de unas novelas que habían seducido mi imaginación cuando era casi un niño.

La jornada siguiente, cuando estaba en la Bolsa, me llamó al móvil el tipo de la cuesta de Moyano y me dijo, como si se tratase de un secreto de alta seguridad, que ya había conseguido los otros libros. «El resto de los volúmenes», precisó, como si se tratase de una colección amplia e importante, sin duda para justificar el precio, que me pareció exagerado, aunque lo acepté sin discutir. «Pasaré a recogerlos enseguida», contesté, a pesar de que imaginaba que en aquel momento había bastante complicación en la oficina.

Por aquellos mismos días estaba aún reciente mi divorcio de Elisa, y su vacío en la casa, sus objetos olvidados que a menudo parecían asaltarme, incrementaban mi indolencia, mi desapego. Y mientras me encaminaba a paso rápido hacia la cuesta de Moyano, descubría que a la rebeldía y falta de aplicación de Lito se había opuesto siempre mi sumisión, mi docilidad. Yo había aceptado el destino que mi padre había dispuesto para mí, pero después de tantos años sentía que en aquellos veranos de la niñez, en aquellas lecturas exaltantes, se escondían imprecisas imágenes de un futuro en que la prosperidad de los negocios no era la parte sustantiva. Cuando regresé a la Bolsa, Manolo estaba bastante nervioso: «¿Dónde te habías metido? ¿Cómo no has ido a la oficina? Tu padre anda buscándote muy cabreado, tenías una reunión con esos consultores de Barcelona y les has dejado plantados».

Pasaron algunos días y no volví a soñar con el hombre de la armadura que decía ser Lito. Releí los otros libros de Mundo Baldería, reconocí la fundación de las Siete Ligas: Felecha, Calbón, Amuz, Contrigo, Avido, Sanfel y Morla, la capital, donde residía el Comité Federal. En la tercera novela, reencontré la fórmula de la macrobalita que en mis sueños me era reclamada con tanta vehemencia, compuesta de elementos de la arena del desierto y del limo del valle: araz, vatal, comonia, ustina.

Aquella misma noche volvió a asaltarme el sueño recurrente, aunque esta vez había en el personaje señales infaustas. Su coraza mostraba abolladuras y marcas oscuras, uno de sus ojos estaba cubierto por un parche y llevaba una mano vendada. Le dije que ya tenía los libros y me pidió que le llevase en mi coche sin perder un minuto. Bajamos al garaje. Supe entonces que hay en la ciudad al menos cuatro puntos desde los que es posible acceder a Mundo Baldería: la glorieta del Ángel Caído, el espacio bajo la marquesina del cine Coliseum, los soportales ante la Casa de la Panadería y la entrada sur del Santiago Bernabéu.

El Bernabéu es lo que más cerca de casa me queda, y le llevé allí. La noche era suave y las calles estaban vacías. Al fin detuve el coche y me acerqué a los muros del estadio con el personaje de mi sueño, que apretaba los libros contra su pecho como una reliquia venerable. Le pregunté que cómo se entraba en Mundo Baldería.

—Pensando. Hay que cerrar los ojos y pensar muy fuerte en ello. El día que me escapé de casa, andaba por el Retiro desorientado, sin saber qué hacer, era casi de noche, estaba en esa plaza en que está el demonio, el ángel caído, y me sentí sin fuerzas, cerré los ojos y deseé con todo mi corazón llegar a Mundo Baldería. Así entré.

De manera que yo también cerré los ojos y pensé en aquel valle inmenso incrustado en un planeta desértico. Al volver a abrirlos, me encontré ante la corriente de un río, a una hora que debía de ser crepuscular. Dos astros grandes como la Luna, uno amarillento y otro rojizo, cercanos al horizonte, ponían en la penumbra un brillo dorado. Mi acompañante lanzó un grito y unos seres propios del sueño, una enorme mantis y un gran arbusto que se desplazaba sobre sus raíces, ambos revestidos con una coraza azul celeste, se acercaron a nosotros.

Me atemorizaban la luz nunca vista, una extraña melodía de insectos o de pájaros, las grandes masas vegetales de la ribera, en que la doble iluminación de los astros ponía un reflejo morado, el olor acre aunque no desagradable que lo impregnaba todo, aquella corriente que resonaba pese a lo horizontal de su fluir, las monstruosas figuras que se acercaban, un chirrido espantoso que llegaba de la lejanía.

—Para volver tienes que hacer lo mismo —me dijo Lito, como si fuese consciente de mi temor—. Cierras los ojos y piensas en tu casa.

Pero cuando abrí los ojos no estaba en mi casa, sino en la acera del Bernabéu, y no tenía la sensación de estar soñando, sino de que aquello era la realidad de la vigilia. Y resultó la vigilia, en efecto, pues aunque había cogido las llaves del coche para llevar a Lito no había hecho lo mismo con las del piso, y me encontré ante la puerta cerrada, en pijama, completamente despierto y sin posibilidad de volver a la cama. Bajé otra vez al garaje y me refugié dentro del coche hasta que llegó la mañana y el portero, mirándome con aire suspicaz, me abrió la puerta de mi casa con la llave maestra.

La experiencia me perturbó tanto que aquel día no fui a trabajar. Mi padre me telefoneó varias veces y por la noche vino a visitarme. Le dije que me encontraba fatal, desanimado, sin fuerzas para levantarme. Al día siguiente me vino a ver su amigo, el doctor Bustifer, que atribuyó al estrés lo que me estaba sucediendo, y me prescribió reposo, a ser posible en un lugar más tranquilo, acaso a la orilla del mar. A mi padre no le hizo gracia el consejo del médico. «¿No puedes hacer un esfuerzo? No son días para ponerse enfermo.» Reencontré en sus ojos la mirada del tío Ángel cuando amonestaba a Lito. «Lo intentaré», repuse, y se mostró muy complacido: «Te lo agradezco de verdad, hijo. Este verano te vas un mes al Caribe».

Sin embargo, en mi trabajo estaba distraído, las horas que antes pasaban casi inadvertidas formaban ahora pesados grumos de tiempo, mi desasosiego no me permitía cumplir con mi labor decorosamente. Aquella fantástica aventura nocturna me había devuelto al tiempo de la niñez, a la primera pubertad, a los sueños de aventura que los libros habían hecho brotar en mí y a los que había luego renunciado como si crecer y hacerse mayor consistiese en aceptar su puerilidad y su falta de sentido.

Ante la frenética actividad de mi padre y de nuestros empleados, recordaba aquel tiempo en que no podía imaginar que mover dinero y hacerlo fructificar fuese siquiera un trabajo, cuando creía que lo propio de los seres humanos tenía sobre todo que ver con la exploración de lo desconocido, buscar los secretos del mundo, trabajar las materias terrestres, conocer otras gentes y otros espacios. Así, en la resistencia de Lito a asumir su deber de estudiante, más allá de sus condiciones intelectuales, reconocía una actitud de extremada osadía, incluso heroica.

Mi melancolía no se apaciguaba ni siquiera de noche, pues me había sobrevenido un insomnio que no me daba ocasión a la tranquilidad ni al olvido. Releí otros libros que, tantos años antes, habían iluminado mi imaginación. Las graves circunstancias financieras que atravesaba el mundo, y hasta el mucho dinero que había conseguido ganar con mi trabajo, me parecieron anécdotas banales, que en cualquier novela interesante apenas serían el pretexto para una trama secundaria. Como no dormía, Lito no volvió a aparecerse, y aunque no me atrevía a pensar que había sido verdad aquel viaje hasta el Bernabéu en que yo mismo le había acompañado a Mundo Baldería, las luces, los sonidos, los olores, permanecían vivos en mi recuerdo, y las grandes figuras de aquel árbol que andaba y del enorme insecto de ojos facetados.

Al día siguiente, cuando llegué a la oficina, mi padre me llamó. «Escucha, Fernando, si estás enfermo debes internarte, que te traten, que te curen de una vez, esto no puede seguir así.»

Aquel día, las amenazas de Estados Unidos contra Irak habían hecho subir los precios del petróleo, las bolsas habían caído todavía más, y nuestros clientes no dejaban de telefonear. En la agencia había crispación, parecía que viviésemos el comienzo de una catástrofe.

«Me voy a casa», repuse. Salí de la oficina y eché a andar. Era una mañana fría pero muy soleada, de esas en que Madrid resplandece. Recorrí el paseo del Prado. A la luz blanca, la Cibeles parecía de porcelana. Anduve, anduve, y de pronto estaba delante del Bernabéu. Me acerqué a las taquillas del sur y ya no pude evitar las imágenes de aquella noche, incapaz de saber si la vigilia y el sueño me habían enredado en un laberinto confuso.

Mundo Baldería, pensé, y me quedé quieto, cerrando los ojos con fuerza, como un homenaje a los tiempos en que leía libros y creía en otras aventuras diferentes de la Bolsa y los efectos económicos de extraños ataques terroristas y guerras cuyas razones verdaderas sólo unos pocos poderosos conocían.

Al abrir los ojos me encontré ante el gran río inmenso y sonoro, que tenía brillo de plata. En el cielo anaranjado no había lunas, y alrededor brotaba la suave melodía de gorjeos o de élitros. Alteraban la placidez el eco de explosiones lejanas y aquel chirrido agudo que me había sobresaltado la vez anterior. En la ribera, cubierta de matorral morado y escarlata, dos enormes mantis se acercaron a mí. Una me tomó en sus patas delanteras y remontó el vuelo. Me depositó otra vez en el suelo ante una construcción azul, con aspecto de búnker. Allí estaba Lito.

—¿Qué haces tú aquí? —preguntó.

—He venido para quedarme —respondí.

Sinara, cúpulas malvas

El hombre pronunciaba primero una palabra, «¡Sinara!», admirativamente, como una interjección, y luego desplegaba los brazos. Enseguida, ahuecando la voz como si comunicase un secreto, exclamaba «¡Sinara, cúpulas malvas!». A veces ya no decía nada más durante el tiempo que permanecía en la taberna. Otras, después de girar las espaldas para apurar el vaso de vino, se volvía de nuevo y entonaba alguna alusión que iba completando la sugerencia de un mundo lejano y misterioso: torres blancas, zócalos azules, carneros de cuernos dorados, los ojos pintados de las niñas.

Sinara, cúpulas malvas. Iba para asegurador, pero aquellas palabras acabaron desviando el camino de su vida, y mostrando la señal de un destino, como un mensaje que aquel hombre alto y flaco, de nariz muy roja y pómulos cubiertos de venillas, se hubiese visto obligado a llevar ante él para transmitírselo.

Desde los primeros momentos de su aparición en Los Porrones, todos los parroquianos consideraron que las alusiones del forastero eran fruto de un delirio, y sólo la compostura que mostraba hizo que hasta el propio Manolo tardase en descubrir su permanente estado de intoxicación alcohólica. Sin embargo él, frente a la burlona mirada general, a partir de la dolorosa convalecencia de la paliza que había recibido, amoratado todavía el ojo izquierdo, dolorido el torso, los testículos aún muy hinchados y molestándole al caminar, encontró de repente en la exclamación del forastero, ya identificada como un topónimo, no sólo un inimaginado esplendor arquitectónico, sino la referencia certera de una orientación, de un rumbo a seguir.

En Los Porrones solían hacer la segunda de las tres estaciones que, cada jornada, interrumpían el largo paseo previo a la cena. La academia estaba en la calle de la Montera, casi en la Red de San Luis. Iba allí todas las tardes con Baudilio y con Alejo, otros dos jóvenes compañeros de trabajo que esperaban, como él, perfeccionar en aquel lugar sus conocimientos mercantiles y contables. Desde sus ventanas se podía contemplar el gran templete de piedra gris, con la marquesina de cristal ya muy sucio por el paso de los años, que servía de entrada al metro.

Al terminar las clases, los tres encaminaban sus pasos hacia el barrio del Refugio, empezando por la calle de la Ballesta, que les ofrecía el espectáculo gratuito del puterío callejero en sus primeros trajines, y hasta algún altercado grotesco. La primera estación estaba en la taberna sin nombre que ellos llamaban de Santa Bárbara, en la calle del mismo nombre, un local lóbrego, con las paredes tan sucias que parecían de madera y, pegados en ellas, unos carteles también cochambrosos que apenas dejaban atisbar los ojos inciertos de los toros que embestían y de los toreros que alzaban el capote.

El tabernero de Santa Bárbara había sido banderillero, estaba en mangas de camisa hasta en los más recios días del invierno y dedicaba una atención mimosa a rellenar y mantener alineadas las frascas que servían para escanciar el vino de la parroquia. Alguien había dicho que aquel tabernero era rojo y, aunque nunca hablaban de política, su solidaridad amistosa hacia Baudilio, a quien los nacionales habían fusilado a un tío, según les contó en una confidencia nunca repetida, les hacía entrar en la taberna con cierto sentimiento de ofrenda y unión trascendente, como los fieles acceden al templo de su culto. El vino de Santa Bárbara era de la comarca del Pardillo, un poco dulce, de color de orines, y lo paladeaban en silencio, como en una comunión.

De la calle de Santa Bárbara, tras girar en la del Espíritu Santo, iban a la de Jesús del Valle. Allí, en la esquina con la de El Escorial, estaba Los Porrones, una taberna que regentaba un sevillano llamado Manolo, que siempre tenía la colilla de un faria entre los dientes y que, a voluntad del cliente, servía su valdepeñas en vasos o en las pequeñas redomas que daban nombre al establecimiento, y acompañaba la bebida con una tapa de aceitunas aromáticas, que se ufanaba de haber aliñado él mismo.

La tercera y última estación estaba mucho más lejos, después de que, calle Pizarro abajo, tras cruzar la del Pez, las calles de la Luna y de Silva les condujesen a la Gran Vía y, desde la plaza del Callao, la de Carmen hasta las callecitas previas a la Puerta del Sol. Para su última libación no solían ser fieles a una sola taberna, y luego se separaban. Alejo y Baudilio se metían en una boca del metro, y él volvía los pasos para caminar hasta su pensión, en la calle de Chinchilla.

Todo lo que le permitía subsistir en Madrid se relacionaba con su tía Amelia: ella, por mediación de un primo, le había colocado en la compañía de seguros en que estaba aprendiendo los secretos del oficio y ganándose los primeros sueldos de su vida, ella pagaba los gastos de la academia donde se preparaba para alcanzar el profesorado mercantil, y ella había conseguido también que doña Crucita, la dueña de la Pensión Manchega, amiga de la infancia, le hiciese un precio muy bueno, aunque lo barato se compensaba con la servidumbre de compartir el hospedaje con los que se llamaban clientes no estables, viajeros que permanecían sólo una o dos noches, en una habitación con tres camas niqueladas donde a menudo se instalaba una turca supletoria.

Era una pensión de mucho movimiento, por la que pasaba gente de La Mancha pero también extranjeros, sobre todo portugueses. Los únicos clientes fijos, estables, como le gustaba decir a doña Crucita, eran, con él, un inspector de policía que llevaba una pistola enfundada bajo el sobaco izquierdo, un muchacho oriundo de Herencia que estudiaba Bellas Artes y admiraba mucho la pintura de Dalí, un opositor a Aduanas, y las chicas del ballet de Pepita Purchena.

El policía, al parecer íntimo amigo y protector de doña Crucita, era fornido y de poca estatura, y cuando se quitaba la americana resaltaba entre los tirantes la estrafalaria adiposidad de su arma. Pasaba del abrupto silencio a la generosa verborrea, era capaz de discutir por cualquier cosa, llegaba a mostrarse muy iracundo y, cuando perdía los estribos, echaba mano a la pistola y la empuñaba hasta que los nudillos se le ponían blancos, aunque nunca llegaba a desenfundarla.

Aquélla era una pensión con pretensiones de formalidad y decencia, y a las chicas del ballet, cinco contando a su directora, solamente se las veía aparecer en el comedor a la hora del almuerzo y de la cena.

A mediodía, cuando acababan de levantarse, las chicas, sin maquillaje, parecían muchachas comunes, casi unas adolescentes reunidas para almorzar en torno a su maestra. Pero de noche, aquellas muchachas pálidas, de pelos desordenados y gris desaliño hogareño, se convertían en seres deslumbrantes, mujeres de grandes ojos acaramelados palpitantes de reflejos, de sensuales bocas rojas, que mostraban en sus ceñidas vestiduras redondeces de hembras cumplidas, y que habían cambiado su mortecino silencio de la hora del almuerzo por unos bisbiseos maliciosos, que solían rematar en breves risas abortadas por la seca mirada de aquella especie de maestra, transformada ella también a la hora vespertina en una elegante dama con las piernas enfundadas en medias oscuras que hacían resaltar aún más la piel blanca que cubrían, y en lo alto de la cabeza un moño apretado, terso y brillante como una corona.

Rompían a reír sin trabas cuando, después de cenar, salían al descansillo de la escalera, camino de la sala de fiestas en que actuaban, y sus voces resonaban en el comedor como un eco de la noche bulliciosa de cabarets y bares de alterne cerrada para los estudiantes y los empleados primerizos.

El estudiante de Bellas Artes, que hacía ostentación de la superioridad mundana que se atribuye a los artistas, exclamaba «¡Otra noche loca!» al escuchar aquellas risas que llegaban desde el descansillo, y se echaba a reír él también con una risa torcida, perversa, en la que pretendía transmitir la cifra segura de las ocupaciones de las chicas de Pepita Purchena hasta la madrugada, en que la danza española habría sido solamente la obertura propiciatoria del tráfico de los cuerpos.

Él se sentía incómodo al pensar que aquellas adolescentes del mediodía, aquellas bellezas de musical americano de las noches, fuesen más que nada unas profesionales de lo venéreo, iguales en la intimidad de su labor a las mujeronas que se vendían para cualquier menester sexual en las calles de Echegaray o de la Ballesta. Se sentía incómodo, sobre todo porque había hallado en la mirada de una de ellas un mensaje repetido, que no parecía fácil que pudiese encenderse con tanta espontaneidad en lo que él creía que debían de ser las actitudes ordinarias de aquella clase de mujeres.

En el comedor, los fijos tenían la costumbre de la hora y del sitio. Él almorzaba en el último turno, recién llegado de la compañía de seguros, y era también a esa hora cuando bajaban las chicas del ballet de Pepita Purchena, que ocupaban dos habitaciones en el piso superior. Ellas se sentaban, con su directora, en la mesa redonda del rincón, que un aparador lúgubre aislaba un poco del resto de la estancia. Él, con el estudiante de Bellas Artes, el policía y el opositor, al otro lado del aparador, junto a una de las dos ventanas cuyo gran tamaño no parecía congruente con el tenebroso paisaje del patio de luces.

Él estaba de espaldas a la ventana. Ella, la de apariencia más joven de todas, de espaldas a la pared frontera. Y en cada almuerzo y en cada cena, fue naciendo entre los dos una comunicación muda y furtiva a través de miradas breves, intensas, repetidas, controladas con tanta destreza, que nadie era capaz de advertirlas, en aquel tiempo en que el lenguaje de los ojos estaba en la práctica común, de modo que cualquier exceso solía ser descubierto con facilidad por el acecho colectivo. La conversación muda de sus miradas fue desarrollándose a lo largo de muchos días, de manera que él comenzó a esperar los momentos del almuerzo y de la cena con el gozoso desasosiego de las citas amorosas.

Su primera comunicación verbal tuvo lugar una madrugada. El estudiante de pintura le había invitado a una especie de guateque que organizaban unos paisanos en el estudio de otros compañeros, y que resultó una destartalada y fría nave de la Ciudad Lineal. Cada participante había llevado una botella de vino o de licor, y la mixtura de bebidas los puso enseguida ebrios y patosos. Aparte de beber y de observar cómo los artistas del estudio mostraban sus obras con mucha palabrería, se cantaron canciones que uno acompañaba a la guitarra.

Ya no funcionaba el metro ni había autobuses cuando el estudiante de pintor y él iniciaron el regreso a la pensión. Durante mucho tiempo, aturdidos por la bebida, atravesaron sin hablar las calles vacías de la ciudad, entre el silencio que enaltecía la titilación de los semáforos. Llegaron al fin al portal de la pensión en el mismo momento en que Luis, el sereno, un hombre desaseado que manejaba el chuzo con aire de mandoble, como un antiguo guerrero sanguinario a la búsqueda de encuentros mortales, abría la puerta a las chicas del ballet.

No era raro que el decrépito ascensor se averiase, por algún cortocircuito que dejaba también sin luz el portal y las escaleras, y aquella noche hubo que subirlas a pie, conducidos por la linterna del sereno.

A la luz cárdena de los faroles, él había advertido la acogida cálida de la mirada de ella. Luego, al subir las escaleras precedidos por el cuerpo bamboleante y las palabras roncas y confusas del sereno, él se retrasó y pudo percibir que había en ella también una actitud de espera. Fueron los últimos en ascender. Los pasos de todos retumbaban y hacían crujir los peldaños de madera, el pintor respondía con burla a las invectivas obscenas que componían el lenguaje del sereno, y de repente ella buscó la mano de él en la oscuridad, y él sintió en aquel apretón la intensidad palpable de las miradas que los habían ido enlazando a lo largo de los meses.

En el segundo descansillo, ella se detuvo, lo empujó contra el marco de una de las puertas, buscó sus labios con su boca, que olía a alcohol, y le dio un beso breve pero profundo, un lengüetazo que entró en su boca como el anuncio de una entrega. Mas enseguida se separó y, sin soltar su mano, continuó subiendo las escaleras. Antes de llegar al tercer descansillo se detuvo otra vez y, en voz muy baja, dijo que se llamaba Albina. «Yo me llamo Víctor», musitó él. Pero ya la comitiva había alcanzado el piso en que el pintor y él dormían, y se separaron.

Los domingos, la firme rutina de la pensión se alteraba, se hacía más largo el tiempo de los desayunos, los turnos de comedor, a mediodía, quedaban también difusos porque mucha gente infringía las costumbres de hora y de sitio, urdía en los pasillos tertulias perezosas, y doña Crucita aceptaba con resignación aquella anarquía. Era también un día en que los inquilinos, sin prisas, cambiaban de piso en busca del baño vacío, y erraban con familiaridad por pasillos que no eran los suyos.

Fue aquel mismo domingo, el que siguió a la fiesta de la Ciudad Lineal, cuando tuvieron el primero de sus verdaderos abrazos. Era la media mañana y el pasillo olía a camas deshechas, a pan tostado y loción de afeitar, y sonaban algunas radios desperdigadas en las habitaciones, como señales del ocio del día.

Él adivinó que era ella quien estaba en el baño antes de que se abriese la puerta, como si el brillo de sus grandes ojos oscuros hubiese atravesado las rugosidades traslúcidas del vidrio para transmitirle su segura cercanía. Luego, cuando la puerta se abrió con un aliento a vapor jabonoso, se encontraron uno frente al otro, solos en el pasillo. Cubierta por una bata rosada, ella, la adolescente de los mediodías, olía a colonia de limón.

Había junto a aquel baño una pequeña estancia en que se guardaban los trastos de la limpieza, y la buscaron con rapidez, como un refugio. Allí, reclinados contra una escalera de tijera, entre el aroma a cera y aguarrás, volvieron a besarse, y sus manos se acariciaron, y el impulso de sus cuerpos, que durante tanto tiempo habían ido preparando sus miradas furtivas, pudo encontrar su cauce y su culminación. El abrazo duró muy poco, porque ambos se habían encendido en un deseo que no necesitó preámbulos para consumarse, y porque conocían bien las restricciones y cautelas a que debían estar preparados. Antes de su separación, jadeantes, al despegarse de su beso, ella le prometió que estaría allí otra vez el siguiente domingo, a la misma hora.

Durante otros tres domingos, repitieron aquellos breves encuentros en el trastero, disfrutaron de las caricias austeras de los amantes furtivos e indigentes, que deben economizar su tiempo y aprovechar solamente lo más sustancioso de sus deseos. El olor de la cera se mezclaba con el de la colonia de limón y ponía en aquellas cópulas breves y contundentes una señal doméstica. Luego, los almuerzos y las cenas les permitían las miradas instantáneas, detenidas apenas en su fugacidad, en que se concentraba un fogonazo de pasión compartida, de mutua confianza. El cuarto domingo estaban tan enardecidos, que él pudo ofrecerse dos veces en el escaso tiempo de su escondite.

«Yo quiero irme lejos, lejos —le dijo luego ella—, lejos de esta mierda. Ven conmigo, nos iremos juntos», añadió. Murmuró que tenía un primo que había emigrado, y un amigo del pueblo que le ayudaría en lo del pasaporte. Él, mientras atisbaba el pasillo tras ponerse los pantalones del pijama, no contestó nada, pero aquella declaración le desconcertó y, en las miradas de los ojos negros y grandes que fueron marcando los almuerzos y las cenas de los días sucesivos, le pareció encontrar no solamente el recuerdo de la pasión que, con todo lo precario de sus abrazos, habían conseguido cumplir, sino algo más complejo, la confirmación de aquellas palabras que proponían la huida a un punto lejano, mucho más allá de la compañía de seguros, de la academia, de las tabernas de la tarde, de los trastos olorosos a trapos de limpieza y de los pasillos de la Pensión Manchega.

Una noche, a finales de la misma semana, el policía secreta amigo de doña Crucita se sentó a cenar con unos colegas portugueses que solían visitar la ciudad para lo que la patrona llamaba muy ufana asuntos oficiales. El campeonato de fútbol de la Copa de Europa atravesaba una fase muy emocionante, y en la mesa de los policías la conversación sobre el asunto se iba haciendo riña. El pintor, el opositor y él asistían con cierta perplejidad a la creciente violencia de la discusión, mientras las chicas del ballet de Pepita Purchena terminaban de cenar en su rincón, preparadas para salir hacia su trabajo en su avatar de mujeres cautivadoras.

De pronto, el amigo de doña Crucita levantó su pequeño y ancho cuerpo soltando un juramento, y echó mano a la pistola, en aquel gesto que marcaba la crisis final de su exaltación. Sus compañeros de mesa se abalanzaron sobre él para impedir que se completase el movimiento que parecía anunciar aquel gesto, hubo un forcejeo, sonó un disparo y el fornido policía lanzó un ronco grito de dolor.

Pepita Purchena abandonó bruscamente la mesa de las bailarinas, se puso a inspeccionar el daño que, sin salir de la sobaquera, había causado la pistola, y empezó a gritar que era urgente atajar la hemorragia. Los portugueses, al apartarse para dejar actuar a la improvisada enfermera, hicieron caer soperas y jarras de agua de las mesas inmediatas. Todo eran voces, gestos desorientados, y doña Crucita llegó desde su cuarto gimiendo con aire despavorido. En medio del tumulto, ella se acercó a él y murmuró que tenían que hablar, y él la llevó deprisa a su dormitorio, cuya puerta estaba en el otro lado de aquel mismo tramo de pasillo.

Se sentaron en una de las camas, apenas iluminados por la luz que llegaba a través del montante, y ella le dijo que había conseguido sus papeles y que estaba decidida a marcharse, y volvió a pedirle que la acompañase. Le sujetaba las mejillas entre sus manos y le daba besos pequeños, cariñosos, con aquellos labios suyos cargados de pintura en que él encontraba un sabor a mujer de lujo, tan excitante como el espeso olor a perfume que la envolvía.

La muchacha que se le había entregado con tanto ardor aquellas mañanas de domingo, metamorfoseada en una mujer destinada a noches de fiesta que él no podía permitirse, y que le estaba hablando y besando con tanto amor, exacerbó su deseo. En la penumbra oscurísima de la gran alcoba, las tres camas ofrecían la inmovilidad de un cobijo seguro. Atendiendo a las exigencias de sus caricias, ella bajó la cremallera de su vestido, y se abrazaron sin pensar en otra cosa, sintiendo la acogedora blandura de un colchón bajo sus cuerpos.

Luego sabrían que, tras anudar al fin con las cintas de un mandil el muslo del herido, y poner desinfectante en la herida, mientras unos buscaban un médico, otros habían decidido trasladarlo a una de las camas de la pensión. El peso y la envergadura del cuerpo, y la inercia de su transporte, hicieron que los portadores desechasen las habitaciones que se abrían a derecha e izquierda, para buscar la que, al fondo, permitía un acceso sin maniobras. Abrieron la puerta, encendieron la luz, y pudieron ser testigos del íntimo abrazo que ceñía los cuerpos del chico de Tomelloso y de la más joven bailarina del ballet de Pepita Purchena.

Aquella escena, fuera de peligro el policía, fue un escándalo en la pensión. Doña Crucita habló con él no sólo para reprocharle la mancha en la honorabilidad del establecimiento, sino para recordarle cómo la tía Amelia lo había cuidado desde el accidente en que fallecieron sus padres, y que tenía derecho a esperar de él que se labrase un porvenir y no anduviese en enredos con mujeres que no podían darle otra cosa que quebraderos de cabeza, si no arruinaban su salud para siempre. El ballet de Pepita Purchena dejó de coincidir con el turno de comedor a que él asistía, y el domingo siguiente esperó inútilmente en el trastero la llegada de ella.

Una noche, muy avanzada la madrugada, Luis el sereno entró en su habitación para despertarlo con brutales sacudidas. «Vamos, vamos —decía—, despierta de una vez, te llaman abajo». Y tras apurarlo para que se vistiese, lo condujo agarrado de un antebrazo, como quien lleva a un detenido, hasta depositarlo en el portal, donde estaba ella.

Como si todavía estuviese soñando, escuchó lo que ella le decía, entre murmullos agitados. Había dejado la sala de fiestas al terminar el número, aprovechando el momento de cambiarse. Se marchaba de Madrid, y se iría de España. Pero antes había pasado por allí para avisarle. Le dijo el tren, la hora, el destino. Y otra vez le pidió que se fuese con ella y le llamaba Víctor, mi vida, y le decía que estarían siempre juntos queriéndose, ayudándose.

A la luz escasa de las farolas que se colaba por el enrejado de las puertas, en los ojos de ella permanecían los signos de ternura que habían marcado el proceso todo de sus miradas. Repitió que estaría esperándole en la estación hasta el último momento, y por fin se fue, y él la vio irse calle abajo con su gran bolsa colgada del hombro, casi corriendo, mientras Luis se le acercaba, golpeaba con el chuzo en el suelo como si quisiese romperlo y blasfemaba para advertirle que tuviese cuidado con meterse en líos, que las gachises como aquélla solo servían para que los hombres acabasen malamente.

Paseó alrededor de la manzana, asumiendo en el cuerpo mal arropado el fresco de la noche como un estímulo necesario para despertar del todo. Sin embargo, se encontraba amodorrado, como perdido en un sueño de inmovilidad, incapaz de reaccionar. Por un lado, la proposición de ella, su decidida invitación a seguirla en aquella huida aventurera, su promesa de amorosa compañía, lo llenaba de júbilo, consciente de que aquel afecto era el mejor y más cálido tesoro de su vida. Por otro, sentía un miedo atroz.

Acababa de recibir la tercera de sus pagas mensuales, estaba en condiciones de sacar el billete y de subsistir algunos días, claro que habría modo de cruzar la frontera, pero el cálculo de sus menguados recursos lo amedrentaba aún más. Además, pensaba en su aprendizaje de una profesión, en el señor Ribalta, que le contaba solemnemente sus peripecias a la conquista de pólizas de vida, en el señor Pi, que le señalaba con sabiduría los manejos tortuosos que se ocultaban detrás de muchos incendios al parecer fortuitos. Evocaba con certeza su aspecto de caballeros respetables. Estaba ahorrando para comprarse un terno, y unos zapatos nuevos, y tenía el propósito de demostrar a sus amigos, en vacaciones, que empezaba a ser una persona con algo de dinero en el bolsillo. A veces había estado en la cantina de la estación, tomando una caña, y había visto a aquellas gentes desarrapadas que, con sus pobres maletas, iniciaban el camino del extranjero.

Volvió a sentir miedo, pero comprendió que era el frío, que ya le había calado, y regresó a la pensión, se acostó y estuvo despierto el resto de la noche, hasta que se sorprendió de encontrarse sentado al lado de ella, en un departamento de un tren que se alejaba. Mas era sólo una breve imagen soñada, que lo hizo sobresaltarse y despertar otra vez.

La noche del día siguiente, cuando regresaba de su periplo por las tabernas habituales, antes de que llegase al portal, un par de hombres cuyos rostros apenas pudo ver se le echaron encima, lo agarraron y le exigieron con voz acuciosa que les dijese dónde estaba ella, que no mintiese, que conocían por el sereno la visita de la noche anterior. Dijo que ella se había ido de España y le pegaron, lo tiraron al suelo, y siguieron golpeándole hasta que el retumbar del chuzo en el adoquinado y la voz de Luis pidiendo que lo dejasen interrumpieron la agresión.

Hubo que llevarlo a la Casa de Socorro, y luego estuvo hospitalizado casi una semana. Cubierto de hematomas y sintiendo muchos dolores, regresó a la pensión y a la vida habitual. Y fue uno de aquellos días, mientras tomaba su ritual vaso de vino en Los Porrones, cuando en las palabras del hombre alto de pelo gris cortado a cepillo que, tras mirar fijamente a los parroquianos, pronunciaba el nombre de Sinara y extendía lentamente los brazos para repetir «Sinara, cúpulas malvas», le pareció descubrir una significación nunca antes advertida por él.

Su convalecencia, con las molestias de los cardenales y aquellos testículos inflamados y doloridos, le había dejado una aguda conciencia de pérdida, y recordaba la negrura caliente de los ojos de ella, la desesperada energía con que aprovechaba el tiempo de sus abrazos para concentrar en él toda su pasión, su aspecto de frágil adolescente a la luz del día y de mujer rotunda cuando llegaba la noche. Recordó también su propia indecisión y su miedo, y comprendió, a una luz brusca e implacable que marcaba su derrota, que había dejado perder la única riqueza de su vida.

Sinara, sus torres blancas, los ojos pintados de las niñas, los carneros de grandes cuernos dorados. Sinara, la brisa azul del desierto, de tres a seis, los pétalos amarillos, la lluvia de pétalos, de nueve a once. Sinara, cúpulas malvas.

El verano se adelantó mucho aquel año, y una mañana se encontró en una cola de hombres sudorosos, ante una oficina de alistamiento militar. Ya no pensaba en el señor Ribalta, ni en el señor Pi, ni en la pobre tía Amelia.

Renunciaba para siempre a conocer como el padrenuestro los prolijos cálculos de las tarifas de las pólizas, dejaba para otros las glorias del ramo de pedrisco, de cristales, de accidentes de trabajo. Deshonrado por el miedo de aquella noche, intentaba rehabilitarse buscando lo que podía haber detrás de aquel nombre, el espacio diferente en que pudiese concederse la absolución para una inmovilidad cobarde que ya no tenía remedio.

Cuando se cumplió el plazo de su compromiso, conocía el funcionamiento de muchas armas, tenía en un hombro la cicatriz de un balazo y sabía conducir grandes vehículos. Se quedó en aquellas tierras, acabó siendo dueño de un camión, transportaba mercancía de un lado a otro. El alcohol, el hachís, esa ternura que puede haber también en el sexo mercenario, los peculiares espacios de su trabajo, le daban a su vida el gusto de las aventuras inesperadas. Y transcurrieron más de quince años. Nadie le había podido decir dónde estaba Sinara.

Esta mañana, muy al sur, un viejo conocido, al verlo llegar, se ha quitado el fez y ha agitado un periódico, gritándole que Franco ha muerto, y muchos recuerdos dispersos se congregan de repente en su memoria, reconocibles y llenos de fulgor.

En sus desplazamientos por lugares desconocidos suele acompañarlo un nativo de la zona, y el que viaja hoy con él es un muchacho moreno, de manos finas. Al doblar una curva, aparece una pequeña ciudad. Tiene torres blancas, un intenso azul marca los zócalos y los marcos de las puertas. Cúpulas malvas coronan las murallas.

El muchacho no conoce el nombre del lugar, y la palabra Sinara no le dice nada. Aunque no es el destino del viaje, él busca un lugar para detener el camión, deja al joven acompañante a su cuidado y recorre la ciudad en un lento paseo. Las cúpulas malvas brillan a la luz de la tarde.

Cree que los ojos negros de una muchacha que pasa le van a devolver el mensaje de cercanía y calidez de aquellos otros ojos, pero enseguida descubre en ellos la confusión burlona ante el extranjero. Él le pregunta si aquello es Sinara, y ella, cuando es capaz de comprender su chapurreo, sacude la cabeza negativamente, dice otro topónimo, sonríe, echa a andar apresurando el paso. El almuédano llama con su canto a una de las oraciones del día, y él sigue detenido mientras la muchacha se aleja.

Luego piensa que se hace tarde, que estas carreteras son muy malas y que nunca las ha recorrido, de manera que decide reemprender la marcha, y se dirige hacia el camión mientras considera, con una amargura sin pena ni nostalgia, que Sinara ha sido solamente un espejismo, una alucinación lejana y ajena, porque Sinara no existe.

La memoria tramposa

Era el día de Nochebuena y, como todos los años, íbamos a reunirnos en casa de mis padres. A la pequeña exaltación propia de las fechas, aquella vez se unía el júbilo por el regreso de Marcelo, el hermano mayor, que volvía a casa después de quince años.

En sus escasas y lacónicas cartas, Marcelo nos había contado que todo iba bien y que Australia era el Eldorado de los veterinarios. Y en las fotos que había mandado, apenas media docena, se le veía siempre serio, a veces con algún animal en brazos, en un paraje de colinas ocres, casitas de una planta y armazones metálicos con aspas en la cúspide, que debían de servir para subir el agua de los pozos.

Mi madre lo arregló de manera que el hijo mayor recuperase para él solo su misma habitación juvenil, y los demás aceptamos sin rechistar aquella decisión, que nos obligaba a mi mujer y a mí a compartir la cama con nuestra hija, y a nuestro hijo a dormir en el cuarto de Ramón, el hermano pequeño. Pero el regreso de Marcelo había suscitado una gran euforia en la familia, y las estrecheces de nuestro acomodo no tenían importancia frente al valor del acontecimiento.

A media mañana, mi hijo y yo fuimos a esperarlo a la estación. Yo estaba un poco desazonado por el aspecto que el viajero podía presentar y los límites de mi perspicacia para reconocerlo, pero cuando el tren se detuvo y los pasajeros comenzaron a descender de los vagones, no tuve ninguna duda: allí estaba mi hermano Marcelo, con el pelo un poco gris, pero sin que se hubiesen modificado apenas sus facciones, ni el gesto inquisitivo de su mirada.

—¡Ahí está tu tío Marcelo! —le dije a mi hijo.

Eché a correr y ceñí mis brazos alrededor de su torso, como si yo hubiese vuelto a ser el muchacho que era cuando él se había marchado, tantos años antes. Él besó a mi hijo, se quejó del frío, y no dijo más que «¿Todos bien?», o algo así, antes de entrar en el coche.

Enseguida sospeché que algo había cambiado en él. Se le veía más serio, menos espontáneo en las preguntas, más reservado en las respuestas. Y ya en casa, cuando mi madre lo abrazaba entre sollozos y le besaba con besos repetidos y chasqueantes, me pareció que no mostraba otra emoción que cierta perplejidad sensorial, los ojos recorriendo los muebles y los cacharros de la cocina, y las aletas de su nariz aspirando los olores domésticos, supongo que en la certeza del reconocimiento.

Recién llegado, Marcelo empezó a mostrar el extraño comportamiento que convertiría aquella jornada en una fecha de triste recuerdo.

Salvo nuestro padre, que estaba todavía en el almacén, toda la familia lo rodeaba con avidez. Yo le había presentado ya a mi mujer y había hecho que mi pequeña Lucía le besase, Ramón le palmeaba las espaldas llamándole *Marsupial* una y otra vez, y mi madre le sobaba y repetía que lo encontraba muy delgado pero guapo, y se ponía a llorar de nuevo, cuando Marcelo hizo por primera vez la extraña alusión:

—¿Dónde está Emilina? —preguntó.

Aquel nombre nos resultó completamente ajeno, y le miramos con extrañeza.

—¿Qué Emilina? ¿De quién hablas? —dijo Ramón.

De repente, Marcelo desorbitó los ojos, como si en aquel instante recordase algo antes inadvertido, y se tapó el rostro con las manos.

—Perdón —exclamaba—, perdón, debe de haber sido el viaje tan largo, estoy aturdido, no me había dado cuenta.

Nuestro padre entró en la sala llamándole, y ambos se abrazaron en silencio, pero luego Marcelo siguió hablando con voz compungida:

—Padre, tienes que perdonarme, tenéis que perdonarme todos, pero ya no recordaba lo de Emilina.

—¿De qué hablas?

Marcelo no contestó nada, pero se veía que estaba bastante desasosegado. Entonces, intervino mi madre:

—Marcelo, hijo, te he preparado tu habitación. Si quieres arreglarte, ya tienes allí tu maleta.

Y resultó que no recordaba dónde estaba su cuarto, y anduvo dando vueltas por el piso de arriba. Me lo encontré sentado en la cama de nuestros padres, con la mirada inmóvil en su propia figura, que reflejaba la luna del armario.

—¿Y mi maleta?

—En tu cuarto.

—¿No era éste?

—No, hombre. Éste ha sido siempre el cuarto de los padres.

Fui con él hasta su habitación. Al verla, se quedó en el vano de la puerta.

—Pero ¿ésta no era la habitación de Emilina?

—De verdad que no sé de quién hablas, Marcelo —repuse.

Me sentía confuso y un poco preocupado por su insistencia en echar de menos a alguien desconocido, que nunca había pertenecido a nuestra familia. Él se quedó observando con aire ausente la maleta puesta sobre la cama, y preferí dejarle solo.

Durante la comida le preguntamos sobre su vida en Australia, a lo largo de tantos años. Nuestra madre tenía en las manos las pocas fotos que nos había ido enviando, y queríamos saber cuál era ese lugar de casitas bajas, colinas y molinos de viento.

—¿Molinos de viento? Donde yo vivo nunca he visto de eso. Y no hay colinas, es una llanura larga, larga —repuso, con desgana.

Le pasamos las fotos y las fue mirando una tras otra, indeciso. Al cabo, las apartó con un gesto evidente de desinterés.

—Hace mucho tiempo de esto, qué sé yo —dijo—. Las fotos no pueden dar una idea de conjunto.

De modo que quedó claro que no le apetecía hablar de sus años australianos. Yo pensé que, como él mismo había dicho, aquel viaje tan largo, desde la otra punta del mundo, lo tenía desorientado. Acaso el tiempo pasado, el de su vida allá lejos pero también el de su juventud en la casa familiar, formaba en su cabeza una madeja enmarañada, que todavía no estaba en condiciones de desenredar bien. Los demás debieron de pensar algo parecido, porque todos coincidimos en sugerirle que descansase un poco, que se echase una siesta, porque además la noche que se avecinaba iba a ser más larga de lo habitual.

Él respondió que prefería no acostarse, para ir acostumbrando el cuerpo a la nueva latitud, y en su boca las palabras «cuerpo» y «latitud» adquirieron una significación misteriosa, como si la primera señalase un ámbito extenso e impreciso, y la segunda un lugar muy distante en el espacio.

Después de comer le invité a dar un paseo, como hacíamos los días de fiesta, cuando vivía en casa. Se puso la pelliza de nuestro padre, yo le coloqué la correa al perro de Ramón, y salimos a la calle.

Subimos primero hacia la Plaza Mayor, entre las callejuelas, y él lo miraba todo con gesto escrutador, como contrastando la realidad cercana con la imagen que conservaba en sus recuerdos.

Al descubrir la catedral la contempló con asombro, y después de entrar en la plaza y andar unos pasos, se detuvo.

—¿Qué es eso? —preguntó.

Yo me eché a reír, imaginando que su sorpresa era fingida, una especie de homenaje al monumento más famoso de la ciudad, pero enseguida comprobé que parecía sincera.

—¿No había ahí antes una torre muy grande, de ladrillo rojo? —volvió a preguntar.

No supe qué decir, y me sentí muy incómodo. Él no habló más. Descendimos por la calle Ancha, y al acercarnos a la plaza de Santo Domingo señaló la Casa de Botines y se quedó quieto otra vez.

—¿Y eso? ¿Qué han hecho con los osos?

—¿Qué osos? —murmuré.

—Había un par de osos abrazados donde ahora están ese guerrero y ese bicho —dijo con seguridad, señalando al San Jorge y al dragón que presiden la portada de la casa de Gaudí.

Mi incomodidad se había convertido en una molestia física, como si la digestión de la comida se me hubiese cortado. Él debió de advertir mi malestar, y creo que lo relacionó con su comportamiento, porque me agarró de un brazo y se mostró mucho más cercano y afable.

—Tienes que excusarme, chico. Seguro que es el dichoso viaje, que me ha despistado un poco. Encuentro cosas que me resultan familiares y otras que me parecen extrañas, rarísimas. Hasta con vosotros mismos me pasa, hasta con vosotros siento esa confusión. Estoy un poco ido, y la memoria me pone trampas. Ya se me pasará, no te preocupes.

Entramos en un bar, tomé una infusión de manzanilla y me encontré más entonado.

Lo peor ocurrió después, ya de vuelta a casa. El calor formaba con el aroma del asado un signo muy navideño, y mis padres trasteaban en la cocina con mi mujer. En la sala, mis hijos jugaban sobre la alfombra y Ramón estaba sentado en el sofá, delante del televisor encendido, pero no le hacía caso, porque había sacado la escopeta y la limpiaba.

Ramón es muy aficionado a la caza, y aprovecha cualquier rato libre para desmontar el arma y pasarle un trapo a las piezas. Yo creo que no es sólo una costumbre de cazador cuidadoso, sino un motivo de ensimismamiento, como lo es para otros ordenar las piezas de un puzzle o hacer solitarios con una baraja.

Marcelo se acercó en dos zancadas a Ramón y le interpeló con tono seco y agresivo:

—¿Se puede saber qué demonios estás haciendo?

—Estoy limpiando un poco la escopeta —dijo Ramón, que no se había percatado de la actitud de nuestro hermano mayor.

Marcelo agarró los cañones y se los quitó con gesto violento.

—¿Por qué me provocas? —preguntó Marcelo, y fue alzando la voz cada vez más—. ¿Por qué no me dejas que lo olvide?

—Pero ¿se puede saber qué te pasa?

—¡Alguien la había dejado cargada! —gritaba Marcelo—. ¡Yo no quise hacerlo!

Ramón y yo contemplábamos atónitos aquel estallido nervioso. Mis hijos habían dejado de jugar y hasta el perro levantó la cabeza y sacudió las orejas con sobresalto. Desde la cocina llegaron mi padre y mi madre, y nos miraban estupefactos. Marcelo se dirigió entonces a ellos, y su tono era desquiciado, como si lo que decía fuese la primera y desesperada confesión de un terrible secreto.

—¡Yo estaba sentado en el sofá, como Ramón, y ella estaba sentada en el sillón de enfrente! ¡Apunté hacia ella en broma, por juego!

—Hijo, tranquilízate —le pidió mi madre, y se abrazó a él.

Mi mujer había llegado también y me miraba, asustada.

—¡Cómo iba yo a querer matar a Emilina! ¡Cómo iba yo a querer matar a nuestra hermana!

Soltó el cañón y se dejó caer en el sofá, junto a Ramón. Permaneció otra vez con la cara entre las manos mucho tiempo, y todos le mirábamos sin comprender, horrorizados ante aquella alucinación suya que había introducido en nuestra familia los fantasmas imaginarios de un miembro más y de una terrible tragedia.

Se fue sosegando. Al rato, puso los ojos en la televisión. Mis padres y mi mujer volvieron a sus afanes, y los niños a sus juegos. Ramón recogió las piezas de la escopeta, y yo intentaba recuperar la tranquilidad hojeando una revista.

Por fin mis padres y mi mujer terminaron sus tareas en la cocina, y al entrar en la sala encendieron todas las luces, sobresaltándonos. Mi madre se sentó al lado de Marcelo, le cogió una mano y se la acariciaba con las suyas, mientras le preguntaba si se encontraba bien, y él sacudía afirmativamente la cabeza. Por primera vez desde su regreso, vi en sus labios una sonrisa.

Luego se fue a su habitación, y los demás nos pusimos a armar la mesa y a sacar los platos, los vasos y los cubiertos buenos. Cuando estuvo todo listo, mi padre abrió una botella de jerez, para el aperitivo. Marcelo no había vuelto de su cuarto y subí a avisarle, imaginando que acaso lo iba a encontrar dormido, pero no estaba. Tampoco estaba su maleta. Se había marchado, y aunque salimos en su busca, y dimos muchas vueltas, no pudimos encontrarlo.

Han pasado otros quince años y no hemos vuelto a saber nada de él. Ojalá su memoria deje de ponerle trampas, y le permita recorrer algún día el verdadero camino de vuelta.

All you need is love

Todavía nos reunimos de vez en cuando para tocar juntos. Estoy seguro de que a todos nos cuesta mucho esfuerzo, que sentimos idéntico pavor ante la posibilidad de que el extraño caso se repita, pero que, al mismo tiempo, tememos que no se reproduzca. Esos miedos contradictorios, enfrentados, son los que sin duda nos impulsan a juntarnos de nuevo.

Al principio, cuando volvíamos a reunirnos después de nuestra separación, empezábamos tocando cualquier cosa, disimulando todos el verdadero motivo de nuestra reunión y posponiendo al mismo tiempo el momento decisivo de acometer la pieza musical que en realidad nos convocaba. Ahora hemos dejado atrás el disimulo y ya no tenemos paciencia. Preparamos nuestros instrumentos, nos miramos sin hablar, sin cambiar explicación ni orientación alguna, y nos ponemos a tocarla. Y cuando el asombroso fenómeno vuelve a suceder, me imagino que, como yo, los otros dos se sienten a la vez satisfechos y aterrorizados. Después de terminar la pieza nos separamos, también sin hablar, despavoridos pero seguros de que volveremos a encontrarnos.

Todo empezó hace un par de años, en las Navidades. No hacía mucho tiempo que yo había descubierto a un compañero del conservatorio tocando la guitarra en un pasillo de la estación de Cuatro Caminos, con la funda a sus pies como receptáculo ofrecido a las monedas de los transeúntes. Sus confidencias me abrieron los ojos. En las épocas festivas, o de mucha afluencia de viajeros, venía al metro a practicar sus lecciones, y de paso se ganaba un dinero que no le venía nada mal, pues la beca apenas le alcanzaba para vivir. Era un caso tan parecido al mío que, después del verano, al comenzar el nuevo curso, decidí vencer mi vergüenza y llevarme al metro el violín, el atril y las partituras que debía trabajar. Me venía bien la estación más cercana a la pensión, que además tiene amplios descansillos de paso entre las escaleras, y empecé a practicar allí mis lecciones.

La experiencia recaudadora fue tan satisfactoria que me aficioné a ir todos los fines de semana. A veces, en mis ejercicios, me acompañaba Raquel, con su viola. Al cabo de quince minutos ya no piensas que estás en el metro. Absorto en la ejecución de la partitura, eres del todo ajeno al gentío que las escaleras van derramando y al repiqueteo de las monedas compasivas. Pero Raquel no tiene problemas económicos y la mayor parte de las veces era yo solo quien permanecía en aquel lugar, tocando infatigable mi violín. Cambié de estación un par de veces hasta descubrir el lugar idóneo, uno de los vestíbulos intermedios de Príncipe de Vergara, y me aficioné tanto al lugar, que lo echaba de menos cuando no podía ir allí, pues no había otro sitio en que con mayor libertad, sin cuidado de molestar a nadie, pudiese entregarme a mis prácticas.

Las cosas marchaban muy bien, el público era bastante generoso, pero en la fiesta de la Constitución supe que no era el único músico que estaba tocando en la estación.

En las pausas entre una y otra pieza —entonces sólo interpretaba música clásica, lo que me correspondía estudiar para el conservatorio— pude oír sonidos que me parecieron instrumentales, y al escuchar con atención identifiqué las inequívocas melodías de un par de instrumentos. Luego descubriría que en otros descansillos diferentes estaban tocando una chica menuda, pelirroja, y un muchacho alto, moreno.

La chica es escocesa, se llama Fiona y toca una especie de gaita de fuelle pequeño, de cuero sin teñir. El chico es guatemalteco, se llama Anastasio, y toca la marimba. Seguimos coincidiendo a lo largo de varios días, cada uno en una parte diferente de la estación, y yo comprobé que mis rentas iban menguando. Sin duda los viajeros recibían en sus oídos la noticia sonora de la múltiple oferta musical que les esperaba, y perplejos, desorientados por una ley tan psicológica como económica, se retraían en el momento de depositar su aportación en la funda de mi violín, y acaso hacían lo mismo con mis competidores.

No tardé mucho en llegar a estas deducciones, y como no me gusta dejar enconarse los problemas, me acerqué a los otros dos músicos para contarles mi experiencia de cómo se había reducido mi recaudación desde su llegada, pues tanta música dispersa en la misma estación parecía despistar a los posibles corazones bondadosos. Les propuse que se fuese cada uno a otra estación, para ser allí el único músico, o que nos uniésemos los tres para repartirnos el producto de nuestros afanes. Esto fue lo preferido por mis compañeros, que aseguraron que no perdíamos nada con hacer la prueba. Y nos convertimos en un trío.

Claro que al principio nos costó armonizar y conjuntar instrumentos tan dispares, y que yo tuve que abandonar mis ejercicios académicos, pero en la aventura había también la necesidad de afrontar retos y dificultades técnicas que no perjudicaban a lo que pudiera ser mi carrera hacia el soñado virtuosismo, sino al contrario, me obligaban a inventar y conocer nuevas posibilidades de mi instrumento. Al fin conseguimos ordenar un pequeño repertorio, y la verdad es que aquella conjunción de gaita, marimba y violín debía ofrecer una melodía misteriosa y sugerente, pues en cuanto a los óbolos de los viajeros nos fue bastante mejor, y mi parte llegó a ser incluso mayor de lo que recaudaba cuando era el único músico de la estación.

No nos resultó difícil descubrir que los viajeros eran más sensibles a unas melodías que a otras. En general, a la gente de cierta edad, que son los que disponen de alguna moneda sobrante, parecen conmoverles más los temas de ritmo suave e intención romántica que los temas rápidos. *Las hojas muertas*, *El humo ciega tus ojos*, *Ansiedad*, *El mar*, el tema de *Casablanca*, el tema de *Lara*, el de *Memorias de África*, *Only you*, eran siempre bien recibidos, y ése fue nuestro repertorio durante varias semanas, hasta que nos cansamos de tanto repetirlo, y decidimos incorporar nuevas melodías. Para empezar, *All you need is love*.

Habíamos conseguido tanta práctica en nuestra colaboración que apenas necesitamos ensayarla, de modo que empleamos poco tiempo en acordar las diferentes intervenciones. Y por fin nos pusimos a tocar *All you need is love*. Era un momento de mucha afluencia de pasajeros y el pasillo estaba lleno de gente que caminaba deprisa en las diferentes direcciones. Al principio no comprendimos bien lo que ocurría, porque no podíamos conocer la relación que había entre aquella música que nosotros estábamos tocando y la conducta de la muchedumbre. El caso es que todo el mundo se quedó quieto.

Fue una inmovilidad instantánea, que acaso hubiéramos tardado unos segundos más en percibir si, al mismo tiempo, no nos hubiéramos quedado deslumbrados por un fenómeno del todo ajeno a la normalidad de las cosas: pues aquel vestíbulo, que se encuentra separado de la superficie por dos tramos de escalera, el equivalente a dos o tres pisos de un edificio corriente, quedó de repente desnudo de sus techos y paredes, y el gran espacio rectangular en que nosotros y los viajeros inmóviles nos encontrábamos apareció al aire libre, al ras del suelo, pero no rodeado por las calles y casas de Madrid sino por un espacio de vegetación frondosa, que cubría también las laderas de unas colinas cercanas. La visión fue tan asombrosa que dejamos de tocar, y en el mismo instante todo lo que nos rodeaba recuperó su apariencia anterior y habitual, la sólida estructura que conforma el espacio subterráneo de los pasadizos, la luz de neón con su blancor sin sombras, y las gentes continuaron moviéndose con esa prisa ensimismada que el metro parece propiciar.

La visión y todo lo demás nos dejó muy asustados, incapaces de hablar, pero al fin la intuición de los tres nos hizo comprender que la única manera de recuperar la tranquilidad era seguir tocando. *Ansiedad*, balbuceó Anastasio, y al aplicarnos nuevamente a nuestros instrumentos fuimos volviendo poco a poco al sentido de lo cotidiano. Apenas hicimos comentarios sobre la incomprensible experiencia que acabábamos de vivir, y a ninguno de los tres se nos ocurrió relacionar el fenómeno con la interpretación de *All you need is love*, pero la tarde siguiente, cuando en el desarrollo de nuestro repertorio volvimos a ejecutar la pieza, el absurdo y asombroso suceso se repitió, los viajeros que pasaban delante de nosotros detuvieron en el acto su movimiento para quedar quietos como estatuas, y las paredes y el techo del subterráneo desaparecieron otra vez para ser sustituidos por el paisaje de las colinas, lleno de vegetación. Dejamos también de tocar, y todo recuperó la forma de la realidad habitual.

Tras varias repeticiones del caso, fue Fiona la primera en sospechar que el fenómeno alucinante estaba relacionado con nuestra interpretación de *All you need is love*. Y pudimos comprobar que era cierto pues cuando el absurdo fenómeno se repitió, no dejamos ya de tocar, y nuestra intrepidez nos permitió atisbar el lugar, más allá de las filas de gentes que parecían petrificadas delante de nosotros.

Había muchos árboles enormes, pero también personas entre ellos. No muy lejos, un hombre apenas vestido, sentado al pie de uno de aquellos grandes árboles, como se representa al Buda en muchas ocasiones, estaba rodeado por un grupo de personas. Entre los árboles se abrían claros en que jugaban muchachos y muchachas, y otros en que había gente con lo que parecían instrumentos musicales, o leyendo libros, y un poco más lejos una laguna, que debía de formar el fondo del valle, con hombres, mujeres y niños paseando a sus orillas o navegando con pequeñas barcas de remo. La vegetación componía la parte más visible del paraje, pero se divisaban edificios dispersos entre ella, y en las colinas que rodeaban el lugar, edificios y floresta se alternaban con equilibrio. Aquel paisaje infundía paz, júbilo, era una imagen de serenidad y armonía, pero cuando concluimos de tocar *All you need is love* volvió a desvanecerse otra vez, y en el pasillo de la estación de metro los viajeros recuperaron su rápido andar.

Sin duda aquella melodía producía la inmovilidad de la gente y nuestra irrupción en el maravilloso paraje, y era precisamente la conjunción de aquellos tres instrumentos nuestros al tocarla lo que completaba el efecto de misterioso conjuro, pues por comprobar el alcance del milagro, en una ocasión sustituí el violín por la flauta travesera, que también soy capaz de tocar, pero *All you need is love* no produjo los extraordinarios efectos del violín unido a la gaita y a la marimba.

Ya nos atrevíamos a hablar entre nosotros del increíble caso, y nos regalábamos con la visión de aquel lugar tres o cuatro veces cada jornada, causando en la estación atascos de muchedumbres que nadie podía explicar. Pero la vista de aquel lugar tan placentero, tan lleno de sugerencias de felicidad, también nos producía un sentimiento de frustración, porque comprendíamos que nosotros no podíamos llegar a él: nuestros tres instrumentos, interpretando al unísono *All you need is love*, eran la llave que abría el acceso a un espacio que se ofrecía como una meta de belleza y placidez, acaso de dicha, pero nosotros estábamos condenados a verlo desde el umbral.

Muy pronto supimos que ninguna otra persona podría penetrar allí. La conciencia de aquel hallazgo nuestro tan misterioso, que parecía propio de los milagros o de los hechos sobrenaturales, nos incitó a compartirla con otros. Fiona y Anastasio se lo contaron a varios compañeros y compatriotas, y yo se lo confesé a Raquel y a uno de mis profesores que muestra hacia los alumnos actitud de cercanía, un hombre todavía joven, advirtiéndoles de que sabía bien que podía ser tomado por un loco. Sin embargo, nunca hubo ni habrá testigos de nuestro fantástico descubrimiento, pues los amigos invitados a presenciarlo quedaban tan inmóviles y ausentes como el resto de los transeúntes mientras en nuestros instrumentos *All you need is love* hacía aparecer aquel espacio de paz jubilosa, y después no recordaban nada de lo sucedido.

Creo que fue esa reiterada impotencia, el comprender que nunca podríamos entrar en aquel atisbado paraíso, y que nadie más que nosotros tres lo percibiría, la causa de nuestra separación. Acabamos por dispersarnos. Buscamos otras justificaciones, que cada vez las limosnas eran menores, que la colaboración nos sujetaba a unos horarios demasiado rígidos. Un día nos despedimos y cada uno se instaló en una estación diferente con su instrumento. Pero todavía seguimos reuniéndonos de vez en cuando para tocar *All you need is love* y poder echar una mirada más a ese paraje donde todo parece estar en orden y en el que ninguno de los que vivimos en este mundo entrará jamás.

Los días torcidos

A lo largo de aquellos veranos hubo por lo menos tres veces en que la abuela, sin estar enferma, se había quedado metida en la cama durante todo el día, a oscuras y con las contras cerradas. Como la abuela se mostraba siempre muy diligente, era imposible no sentir la quietud de su ausencia, y la falta de aquella voz que, en tono suave, iba acuciándolas cada mañana para que no se emboba-sen en el desayuno, y luego para que hiciesen sus tareas antes de salir a jugar.

La primera vez que pasó, cuando habían preguntado por la abuela, Fausti les contestó en voz baja, como en secreto pero con naturalidad, que aquél era para la abuela un día torcido. Ellas quisieron saber algo más sobre la naturaleza especial de la jornada que obligaba a la abuela a permanecer en su alcoba, pero Fausti no volvió a hablar del asunto, y al terminar de desayunar, cuando querían subir a la alcoba de la abuela, más allá de la penumbra en que sólo resplandecía el blancor de las porcelanas y el reflejo plateado de los espejos, las echó al jardín y les dijo que no metiesen ruido.

La mañana parecía igual que todas las demás del verano, llena de luz muy blanca y sombras densas. Las abejas revoloteaban zumbando en los parterres, las golondrinas chillaban al pasar sobre sus cabezas y, al lanzarse al agua del estanque, las ranas apenas vislumbradas completaban con sus chapoteos aquel conjunto borrosamente musical. Estuvieron mucho tiempo al borde del agua, libres de las admoniciones de la abuela sobre el peligro de caerse al estanque, y luego se fueron al prado, a jugar a la pelota con las raquetas de madera. Como la abuela no se levantó hasta el atardecer, aquel día nadie les obligó a trabajar en los cuadernos de las tareas de vacaciones. Tampoco la abuela, a la mañana siguiente, quiso atender su curiosidad sobre el día torcido. «Son cosas mías», dijo, de una manera tan terminante que no volvieron a insistir, y enseguida olvidaron el incidente.

Acaso dos veranos más tarde, la abuela volvió a tener un día torcido. Pero ellas habían crecido y lo único que sintieron fue ganas de reír, atribuyendo aquel brusco encierro de la abuela a la ocurrencia, siempre jocosa, de las puras excentricidades. Se lo preguntaron al día siguiente, a la hora del desayuno, y la abuela se mostró menos circunspecta que la vez anterior.

—Pensé que el día de ayer venía torcido, pero no lo quiso Dios Nuestro Señor.

—¿Qué es un día torcido? —preguntó Alicia.

—Un día que viene con malas intenciones, un día de desgracia.

—¿Y por qué sabes que un día viene así, torcido, como tú lo llamas? —preguntó Raquel.

—Siento cosas, no sé cómo decir. El día estaba torcido cuando murió mi padre, y cuando mataron a mi hermano. Y cuando aquella pobre niña se ahogó en el estanque.

Lo noté nada más despertar. Qué sé yo, por la luz, por cómo sonaban las voces, por la apariencia de las cosas. Pero muchas veces me he equivocado, y otras pasan cosas malas sin que yo lo haya previsto. El caso es que cuando siento algo, no me muevo de la cama, por si acaso.

Y la abuela se echó a reír con una carcajada lenta y sin alegría.

De todas las desgracias que evocaba la abuela, sólo la de la niña ahogada en el estanque despertó el interés de las dos hermanas. Mas la abuela tampoco les explicó mucho. Una niña pequeña, una vez, hacía muchos años, se cayó al estanque y se ahogó. Se habría puesto a andar por el borde, mirando las ranas y las libélulas, resbalaría. Se cayó sin que nadie en la casa lo advirtiera.

—Por eso casi quitan el estanque. No lo quitaron porque se necesita para regar —añadió la abuela, clausurando con ello el recuerdo del asunto.

Pero Fausti les dijo que aquello tenía que ser una fantasía de la abuela.

—Yo nací aquí y nunca he oído hablar de nadie que se haya ahogado en ese estanque, y menos una niña. Si fuese en el río, sí, pero no una niña. En el río, hace años, se ahogó un pastor. Lo arrastró la riada. Y contaban que, cuando la guerra, a veces la corriente traía los cuerpos de la gente que habían fusilado aguas arriba. Pero eso de la niña debe de ser algo que vuestra abuela habrá soñado. A mí también me pasa, soñar una cosa y estar segura luego de que ha sucedido.

—¿Tú crees en los días torcidos?

—Yo creo que todos los días están dispuestos para la desdicha. Y todas las horas. Que Dios me perdone.

Fausti era una mujer muy triste, que hablaba entrecortadamente, como si perdiese el aliento. La gente decía sentir pena de ella, porque se había quedado viuda muy joven y además tenía un hijo que, con los años, se había enganchado a la droga. El hijo vivía en la capital, pero a veces llegaba de improviso al pueblo y le pegaba a Fausti una paliza para que le diese dinero. Para ellas, aquel dramático asunto familiar rodeaba a Fausti de cierto atractivo novelesco, y muchas veces consideraban su triste condición como si fuese una riqueza malsana, horrible, con el oscuro brillo que deben tener los secretos malvados. Fausti nunca les hablaba de aquel hijo suyo, pero a veces hacía que la acompañasen a su casa, una construcción pequeña con tejado a dos aguas, como las casitas de los cuentos, que estaba al otro lado del pueblo, para regalarles alguna fruta, o una rosquilla, y para dejar que echasen maíz a las gallinas del corral.

Pero la abuela aseguró que aquella mujer no sabía lo que decía.

—¡Claro que se ahogó una niña! Al otro lado del camino acamparon unos carros de cíngaros. La gente les traía los cacharros para lañar. Había varios niños de mi edad, pero a mí no me dejaban estar con ellos. Yo les miraba desde el otro lado de la cancilla. Descalzos, corrían igual que las liebres y subían a los árboles como ardillas.

—¿Y la niña?

—Una mañana, aquella niña apareció ahogada en el estanque. Yo fui quien la encontró, y muchas veces sueño que lo vuelvo a ver.

La tercera vez que la abuela se quedó en la cama, Fausti no estaba en casa cuando ellas despertaron. En el silencio de la escalera y del zaguán resonaban los ruidos del exterior, gorjeos, ladridos, una voz lejana que no se podía entender, como si los parajes que rodeaban la casa estuvieran de repente dentro de ella, invisibles pero presentes, ocultos en los rincones y detrás de los muebles.

Salieron al jardín. Había una luz rara, una claridad blanquecina que lo iluminaba todo sin penumbras. En el cielo azul, tres nubes negruzcas y alargadas formaban una huella enorme como la de una gigantesca pata de ave. Aquellas nubes impedían que los rayos directos del sol formasen las sombras habituales en el jardín, bajo los árboles y en los rincones de la tapia, y había en todas las cosas una expresión de repentina inmovilidad. Hasta los sonidos, que tan claramente habían resonado dentro de la casa, allí fuera parecían dispersos en una distancia mayor que la conocida, una lejanía confusa que los grandes árboles ocultaban.

—¿Será un día torcido? —preguntó Raquel.

En los ojos de Raquel no había temor, sino la expectación de la sorpresa, y Alicia no respondió nada, pero sentía también dentro de sí la excitación de comprobar la extraña apariencia que daba al jardín aquella luz sin sombras, y de sentir la brisa insólita que movía las ramas de los árboles y rizaba la superficie verdosa del estanque, donde ninguna rana había chapoteado al sentir la cercanía de las hermanas.

—Vamos a ver —dijo Raquel—. Vamos fuera.

Abrieron la cancilla y salieron al camino. No se veía a nadie por los campos, ni tampoco entre las casas del pueblo. Unos pasos más adelante había un bulto pardo, y ya antes de llegar hasta él pudieron saber que era el de un perro muerto, atropellado acaso por alguna de las motos que a veces recorrían el camino con estrépito. Tres urracas levantaron el vuelo, sobresaltándolas. En los ojos del perro muerto estaba aquella luz sin brillos de la mañana, y los grandes dedos oscuros de la nube se fueron cerrando para formar un solo apéndice ancho y espeso, hasta que la luz se amortiguó un poco más y los ojos del perro se apagaron del todo.

—Vamos a casa de Fausti —propuso Alicia.

La calle estaba vacía de gente, pero los gatos saltaban desde los alféizares, y en el bordillo de la fuente de la plaza había varios atusándose el pelaje, que se quedaron quietos para mirarlas pasar. Ninguna de las dos hablaba, pero se habían cogido de las manos y se las apretaban en una comunicación silenciosa que quería sostener la convicción de que aquél era uno de los días torcidos que inmovilizaban a la abuela, un día que venía con malas intenciones, un día de desgracia, un poco asustadas pero sin dejar de intuir la proximidad de una experiencia inusitada y misteriosa.

Se detuvieron muy cerca ya de la casa de Fausti, a unos pasos de la puerta, cuando oyeron los gritos. La puerta verde estaba abierta y de ella salían aquellas voces atropelladas y furiosas, y enseguida aparecieron dos bultos humanos entrelazados. Uno era el de Fausti, con sus zapatillas coloradas, que sujetaba con fuerza al otro, el cuerpo de un hombre joven, más alto que ella, con el pelo sujeto en una cola de caballo. El hombre llevaba en los brazos la caja de la máquina de coser de Fausti, el orgullo de Fausti, el principal tesoro de aquella casa. Intentaba arrancarse del abrazo de Fausti, pero no lo conseguía. Entonces se agachó, dejó la caja en el suelo y comenzó a golpear a la mujer. Le daba puñetazos desesperados, en los hombros, en la cabeza, en la espalda, entre voces que ya no significaban nada, porque eran sólo berridos roncos. Fausti no pudo seguir sujetando el cuerpo del hombre, y se desprendió para caer de rodillas. Entonces el hombre miró alrededor con los ojos muy abiertos, agarró un gran canto blanco del suelo y, sujetándolo con las dos manos, golpeó con él la cabeza de Fausti. Hubo un seco resonar de fractura y Fausti cayó de frente, con la cara llena de sangre. El hombre recogió la caja y salió corriendo.

Algunas mujeres se acercaban, y enseguida comenzaron a lanzar grandes voces de alarma y lamentación. Luego llegaron muchos niños, y todos observaban con atención cómo el cura, con una tela dorada puesta sobre los hombros, pronunciaba oraciones y salpicaba agua bendita sobre el cuerpo derrumbado en el pequeño corral. Cuando alguien hizo que ellas regresasen a la casa de la abuela, las nubes y la brisa habían desaparecido y el mediodía recuperaba todo el brillo y el calor del verano.

Nunca habían evocado aquella jornada, que fue perdiendo perfil en su memoria. Para Alicia, aquel día quedó al fin marcado por dos imágenes, el signo de la extraña nube triple que mermaba la fuerza del sol entre el cielo lleno de luz, y los pelos de la pobre Fausti, empapados en sangre como en un champú sin aclarar que los hubiese dejado compactos y pegados al cráneo. Nunca habían vuelto a hablar de ello, de modo que Alicia creía haberlo olvidado del todo. Por eso se sorprendía al despertar con el vivo recuerdo de lo que había sucedido aquel lejano día.

Era también verano y, desaparecida la abuela tantos años antes, ella dormía en su gran cama de nogal, que los remates salomónicos de la cabecera y de los pies parecían proteger con aire de lanzas vigorosas. Pensó que debía de ser muy pronto, pues no se oía ningún ruido en la casa y Sonia, tan madrugadora, no había venido a meterse en su cama. La imagen de Sonia le llenó el corazón de dulzura. Acababa de cumplir los cinco años y era alegre y parlanchina, tan curiosa como perspicaz. Recordó entonces a la abuela otra vez y sintió todavía la congoja de que no hubiese podido conocer a Sonia. «Te habría encantado contarle aquellos cuentos que tanto nos hacían llorar, sobre todo el de la piedra de dolor y el cuchillo de amor», murmuró.

La figura de Sonia endulzaba la melancolía del recuerdo de la abuela, aquellas veladas en que Raquel y ella pasaban a su lado escuchándola hablar sin cansarse de sucesos verdaderos y de cosas imaginarias. «Aquí estamos otra vez las dos, pero ahora Sonia te sustituye a ti, ahora es Sonia quien nos cuenta las cosas. Cada día conoce algo nuevo. Aunque hay que estar pendiente de ella, no se nos vaya a caer al estanque.»

Pero la conciencia de las primeras imágenes de su despertar, aquella rememoración de una extraña mañana de la infancia, le hizo abrir los ojos y buscar el reloj en lo alto de la gran mesita con tapa de mármol, para descubrir con sorpresa que era mucho más tarde de lo que imaginaba. Saltó de la cama y se calzó, antes de abrir las hojas de la balconada y separar las contras. La luz de la mañana le devolvió con precisión la de aquel día que había creído haber olvidado. Una nube larga y negra ocultaba el sol, marcando en el cielo azul un signo inescrutable. Una brisa fresca, que apenas alentaba sobre la piel, conseguía mover lentamente las ramas de los árboles.

Extrañada de que Sonia se hubiese quedado dormida, Alicia fue a la habitación de su hija, pero la cama estaba vacía. «Hoy no ha querido despertarme», imaginó con un vigoroso propósito de tranquilidad, y descendió las escaleras. El olor a café y algunos sonidos de cacharros indicaban que también Raquel se había levantado. Entró en la cocina buscando con los ojos la figura de su hija.

—¿Dónde está Sonia?

—¿No estaba contigo?

En los ojos de Raquel se mostró de repente la misma inquietud, y se alzó mientras ella echaba a correr hacia la puerta trasera de la casa, la del antiguo corral, que comunicaba también con el jardín. No era capaz de reflexionar, pero su intuición le daba esa conciencia aciaga de los días torcidos, y le traía con nitidez el recuerdo de aquella tristeza con que Fausti, tantos años antes, le había dicho que todos los días y todas las horas estaban dispuestas para la desdicha.

—¡Sonia! ¡Sonia! —llamó, pero la niña no estaba en el corral, y tampoco en el jardín.

Y mientras recorría, atropellando los parterres, el espacio que le separaba del límite de los árboles, sintió que la luz sin sombras que propiciaba aquel sol que no podía lanzar directamente sus rayos parecía tener un destello infausto.

—¡Sonia! —llamó otra vez, mientras lo miraba todo buscándola, mientras seguía, cada vez más despavorida, el sendero del estanque.

Papilio Síderum

Ya es de día y en el fondo de la habitación va cuajando la bruma lechosa del espejo. Me he acercado a él esperando que su reflejo me devolviese esa figura que apenas se me ha desvelado, pero solamente he visto, resaltando contra la penumbra, un rostro humano, el mío, frente al que no siento otra desazón que la de comprobar una vez más la familiaridad con que estoy obligado a asumirlo. Y luego me he venido al estudio con la determinación de relatar por escrito mi experiencia, y ha bastado mi propósito para que resulte irrelevante que todo haya podido ser efecto de una larga alucinación. Los sueños y los sucesos, que al producirse son un mero pasar, un movimiento más entre los innumerables que van consumiendo sin pausa el azar y el caos, únicamente existen de verdad al ser contados, porque sólo entonces consiguen un perfil discernible. En la escritura está su única memoria, y la escritura los unifica, dándoles una consistencia parecida. Por eso me he propuesto escribir todo lo que me ha ocurrido o he soñado desde que el cometa comenzó a aproximarse. Lo hago acuciado por la inquietud de empezar a olvidarlo, porque acaso antes he vivido alguna experiencia parecida y ya no puedo recordarla, aunque quizá también entonces lo puse todo por escrito y mi narración anda perdida en el mar de papeles que me rodea, sumidero de una costumbre en que se sedimentan los apuntes de mi interminable trabajo de tesis sobre la lógica de la imaginación y los ejercicios y exámenes de mis alumnos, que invaden y contaminan el lugar de los libros, como esas sombras confusas, con las que aún no puedo reconciliarme, invaden y contaminan mi conciencia.

Empezaré escribiendo que aquella mañana yo no podía saber que el cometa empezaba a acercarse.

He escrito pues que aquella mañana yo no podía saber que el cometa empezaba a acercarse. Me había despertado con sobresalto, arrojado a la opacidad de la vigilia desde la culminación de una de esas clarividencias instantáneas que los sueños nos conceden a veces, como un regalo providencial. Porque en mi sueño había percibido con toda certidumbre que entre un viejo cuento chino y ese otro cuento brevísimo que tanto cautiva a la mayoría de mis alumnos había una relación directa. Abrí los ojos e imaginé tan vivamente el texto del cuento chino que las palabras parecían resonar en mis oídos. Y comprendí que mi clase de aquel día se había preparado dentro de mí con la naturalidad inconsciente de un fenómeno biológico. Fue luego, en la cafetería, mientras hojeaba el periódico, cuando leí la noticia de que el cometa empezaba a ser perceptible a simple vista, pero no le di ninguna importancia. Yo estaba lleno de euforia por el hallazgo que me había traído el sueño, sin intuir en ello ninguna mala señal, sin sospechar los enmascaramientos que pronto empezarían a desvanecerse. Tan ajeno a ello, que luego miraría los rostros de mis alumnos, sus ojos inmóviles o huidizos, sus gestos más dubitativos que aquiescentes, las muecas escépticas o bobaliconas de sus bocas, acomodado a las apariencias como si fuesen la única cifra segura de la realidad, con ese pacífico hastío cotidiano que ahora añoro, porque era señal de un sosiego que, aunque modesto, acaso no vuelva a sentir nunca más.

Soñó que era una mariposa, y al despertar no supo si era un hombre que había soñado ser una mariposa o una mariposa que estaba soñando ser un hombre.

Yo había recitado la versión sintética de un cuento chino, un cuento de Chuan Tzu, y les observaba en silencio. A un muchacho se le escapó la risa y su compañera le dio un codazo. No hice caso del incidente, tan común, y me dispuse a analizar el otro cuento, el del dinosaurio. «Soñó que había un dinosaurio a su lado», dije para empezar, añadiéndole un arranque de mi invención.

—Este arranque recordaría el del cuento chino. Pero imaginemos que el autor, tras haber escrito esta oración antes de la que informa del despertar de su personaje, suprime la primera, la que sería semejante a la inicial del cuento chino. Quedaría el cuento tal como realmente es: *Cuando despertó, el dinosaurio todavía estaba allí*. Comparemos ahora los dos cuentos.

Estuve hablando bastante tiempo. Les dije que, en el cuento chino, el despertar supone el inicio de una tensión dramática que ya no puede aflojarse jamás, pues en la imaginación lectora gravitarán el hombre soñándose mariposa y la mariposa soñándose hombre, sin que pueda percibirse un desenlace que no lleve en sí otra alternativa que la opuesta y simétrica. En el cuento del dinosaurio, sin embargo, el resultado se agota en una sorpresa y en ella prevalece el ingenio de la invención sobre la tensión dramática: el sueño desemboca en la vigilia, sin que haya quedado marcada una ambigüedad irresoluble entre el territorio del uno y de la otra, como sucede en el cuento chino.

Algunos rebatieron mis argumentos: también en el cuento del dinosaurio el mundo del sueño y el de la vigilia se habían entrelazado sutilmente, sin que la perplejidad lectora pudiese deshacer el embrollo. El espacio en que el dinosaurio permanece —al despertar el sujeto del relato— tiene la misma consistencia de sueño y despertar mezclados que hay en el cuento chino, la misma ambigüedad. El espacio del despertar, en que el dinosaurio está presente, no pertenece a la vigilia ni al sueño, sino a una nueva realidad. «La realidad de la literatura», dijo esa chica de las gafas azules que siempre remata los debates. Comprendí que el cuento chino, acaso por su declarada antigüedad, por su condición venerable, parecía conmoverlos menos que el del dinosaurio.

Cuando terminó la clase, mi euforia del principio de la mañana había sido dominada por una súbita molestia en la espalda, entre mis omoplatos. El día fue transcurriendo sin ninguna circunstancia que lo volviese a distinguir de la ristra de días anteriores, pero al volver a casa encontré en el contestador el mensaje de Elisa. Como no decía su nombre no supe quién era, ni por qué adoptaba un tono tan confianzudo. Escuché varias veces aquel anuncio de una visita en una voz que no conseguía suscitar en mi recuerdo ninguna imagen reconocible. Mas entró de repente mi madre y se quedó mirando al aparato con aire de sorpresa.

—Es Elisa, la chica del Valle. ¿Y no dice que viene? ¿A esta casa? —exclamó, y sus palabras hicieron plasmarse por fin en mi memoria la imagen que correspondía a la voz anónima.

Pero el último suceso significativo de la jornada, que tampoco entonces supe descifrar, fue la visión distraída de mi cuerpo pasando ante el espejo del cuarto de baño.

Acaso me sentí tan sobrecogido por la forma de aquella imagen fugaz, que la parte que en mí analizaba y disponía —la misma que debe de estar haciéndolo ahora mismo— prefirió no aceptarla, sino confundirla con otra ensoñación y hacerme creer que el cuento chino que había determinado el inicio de aquella jornada estaba otra vez desplegando en mi imaginación de soñador su peripecia circular. De nuevo mi madre me sacó del desconcierto. Me observaba desde la puerta con gesto reflexivo:

—Al oír la voz de esa chica he pensado que hace mucho tiempo que no sabemos nada de mi hermano Álvaro —dijo.

Mi tío Álvaro vivía en la casona de la familia materna, en el Valle, una larga terraza de prados junto a un arroyo que se derramaba con rapidez al pie de la cordillera. De la edificación solamente quedaba en buen estado la torre cuadrangular, pues el resto se dispersaba casi en ruinas, adaptado con medios precarios a los modestos servicios de pajares, cuadras, conejeras y gallineros, y los jardines que un día se extendieron hasta la orilla de la corriente se habían convertido en huertos para la subsistencia de los habitantes, en cuyos surcos asomaban sus penachos vegetales o extendían sus ramajes las verduras y hortalizas.

Mi tío, que según decía mi madre había cursado en Alemania una brillante carrera de biólogo, resolvió muchos años antes, en el tiempo mismo en que yo nací, retirarse a aquel rincón con un afán de autosuficiencia que había conseguido cumplir, pues todo lo que en aquella casa consumían él y el matrimonio de viejos servidores que lo acompañaba era producto de su trabajo o de su ingenio; no sólo los alimentos, sino el jabón, los licores, la luz eléctrica y hasta la ropa que vestían, hilada con lino o tejida con lana de oveja en unos primitivos telares. Y en aquel espacio propio de un Robinson montañés, mi tío se dedicaba a su afición preferida, el estudio de los animales.

Viuda desde muy joven, mi madre requería de su hermano una especie de tutela que estimulase mi curiosidad por las cosas y supiese orientarla. Así, pasábamos con él la mayor parte de los veranos. Yo buscaba bichos con mi tío por las trochas del monte, donde él desperdigaba sus redecillas y sus trampas. Mi madre leía bajo un enorme tejo, cerca de la torre, o ante la gran ventana del sur, desde la que se podía contemplar el largo despliegue del río y de los valles. A veces, mi madre se entretenía también dando forma a algunas raíces de las urces que servían para encender el fuego de la cocina.

Cortaba y pulía las que tenían formas más compactas y sinuosas y luego les añadía apéndices o marcaba en ellas señales que les daban a aquellos pedazos de leña seca una curiosa apariencia animal. «Yo también tengo mi zoológico», bromeaba mi madre, y sus figuritas se intercalaban en los estantes del laboratorio de mi tío con las cajas de cartón en que él clasificaba los insectos o guardaba nidos vacíos y cáscaras de huevos silvestres.

Allí conocí a Elisa. Era morena, más alta que yo entonces, hija de un antiguo amigo de mi tío que pasaba los veranos en otra casa del Valle, dedicado con ahínco a la pesca furtiva de truchas. Elisa tenía la misma edad que yo —había nacido también en el año del cometa— y unos ojos oscuros tan escrutadores, que la fijeza de su mirada era capaz de desasosegar hasta a los animales domésticos. Estaba bastante flaca y su madre decía muy disgustada que no quería comer. Cuando la conocí tenía unos pechos pequeños y picudos que se marcaban en la ropa con tanta firmeza como si estuviesen esculpidos en una materia menos blanda y movediza que la carne. Elisa nos acompañaba en nuestras excursiones y escuchaba con interés las explicaciones de mi tío.

Por entonces, mi tío estudiaba los insectos. Ya había hecho el catálogo de todas las aves que anidaban en la comarca y había pasado a estudiar lo que era la base fundamental de su alimento. Repetía muy a menudo que había muchas clases de insectos, y que los insectos eran capaces de viajes extraordinarios.

Uno de aquellos veranos mi tío Álvaro nos dijo que cada primavera, en la collada, encontraba mariposas que volaban desde América.

—¿Os dais cuenta de lo que digo? ¡Desde América, nada menos!

Entonces Elisa me agarró una mano y la apretó, y puso en mí su mirada de antracita con tanta intensidad que me pareció encontrar en ello un mensaje secreto.

Aquella misma tarde, después de bañarnos en el río, cuando ya nuestras madres se habían alejado, intenté conocer el significado exacto del apretón de manos y de la mirada. Sus pechos ya no eran tan pequeños ni tan picudos. Estábamos solos en una pequeña pradera sombría, flanqueada por unos matorrales muy espesos. Elisa se acababa de secar y empezaba a vestirse cuando yo la abracé, apretando mi torso contra el suyo para sentir el tacto de aquellos bultos gemelos, y le pregunté qué quería decirme por la mañana, aunque mi pregunta era superflua, pues con mi gesto le estaba mostrando la interpretación que yo había hecho de su conducta. Entonces Elisa se soltó de mí con mucha brusquedad y en su mirada había ese brillo que hacía quejarse a los mastines y relinchar a los caballos, marcando entre nosotros la sólida distancia que debía separarnos.

—¿Estás bobo? —me preguntó luego—. ¿Se puede saber qué te pasa?

Al otro lado de la poza en que se remansaban las aguas del río refulgía el sol de la tarde haciendo brillar los élitros de las libélulas y los cuerpecillos de las abejas y de los moscones. Mi desconcierto permanecía también allí, como otro pequeño ser revoloteante.

—¿Es que no sabes quién eres? —me preguntó por último, antes de recoger el resto de su ropa y alejarse corriendo.

Elisa esquivó desde entonces cualquier momento de soledad conmigo y yo sentía su actitud como muestra de un rechazo que, por esas paradojas de la atracción amorosa y el gusto de la derrota, servía de mayor incentivo a mis deseos. Además, ella no dejaba de lanzarme miradas llenas de intención ni de apretar mi mano por sorpresa, en momentos en que el tío Álvaro hablaba con entusiasmo de algunas cualidades de aquellos seres que entonces merecían su atención de estudioso, sin que yo consiguiese aclarar lo que querían significar aquellas aisladas muestras de súbita aproximación.

Tuve que desistir al fin de comprender las miradas de Elisa, en las que a veces parecía brillar también el despecho ante mi aturdimiento, y los años de la carrera interrumpieron mi costumbre de aquellas estancias en el Valle y me separaron de ella. De manera que, cuando escuché su voz en el contestador, había pasado tanto tiempo que no pude identificarla. Pero aquella misma noche, mientras rememoraba los veranos del Valle, lo que sobre todo recordé fue la atención absorta con que Elisa escuchaba las explicaciones de mi tío Álvaro sobre las características de los insectos que atrapábamos y las diferentes estructuras de sus cuerpos. Aquellas lecciones del tío Álvaro era lo único que parecía despertar la atención de Elisa, pues el resto del tiempo estaba siempre medio distraída, como perdida en algunas secretas fantasmagorías.

Recordaba sus momentos de inesperada cercanía, cuyas causas nunca logré entender, del mismo modo que no conseguí esclarecer los motivos de su extrañeza al ver cómo yo me interesaba por el trabajo de las cuadrillas majando el centeno, o por los prolijos encajes que los días de fiesta tejía la vieja sirvienta familiar, o por esas tareas del ordeño y la alimentación de los animales que se celebraban cuando apuntaba la noche o comenzaba el día. «¿Es que no sabes quién eres?», volvió a preguntarme alguna otra vez, al encontrarme embobado en la contemplación de cualquiera de aquellas labores, como si mi curiosidad por tales asuntos domésticos y rurales, y otros parecidos, impropia al parecer de ella, fuese también impropia de mí.

Estaba sentado frente a la tele, que mi madre había encendido como todas las noches para quedar amodorrada en una leve siesta antes de la cena. Entonces hablaron del cometa. En la pantalla apareció una imagen muy confusa, apenas discernible, y la locutora informó de que el fenómeno era visible por el noroeste.

En un impulso que entonces no pude identificar, subí a la terraza de la casa, dos pisos más arriba. Algunas de las piezas de la ropa colgada ponían en la oscuridad ademanes fantasmales. En aquel nivel deshabitado, por encima de las viviendas, la perspectiva de las otras terrazas acrecentaba mi sensación de haber accedido a un espacio que parecía dispuesto para que se depositase en él la sobrecogedora lejanía celeste.

Desde una de las esquinas, donde el portero tiene unos cajones con perejil, orégano y hierbabuena, era posible distinguir el cometa, una mancha ovalada, blanquecina, cuyo centro ocupaba un punto brillante. Me recordó primero la imagen de un espermatozoide. Pensé luego que era el mismo cometa que había atravesado aquel espacio veintiséis años antes, en los meses previos a mi nacimiento, y tuve conciencia de estar contemplando algo que fatalmente me pertenecía.

Cuando bajé, mi madre me esperaba para cenar. Y tras lavarme las manos, al apagar la luz vislumbré en el espejo, con mayor claridad, lo que las veces anteriores había sólo barruntado, atribuyéndolo a alguna ensoñación, una forma extraña que durante un instante me sugirió un bulto con dos esferas facetadas sobre las que se alzaría un par de antenas temblorosas, y una especie de trompa alargada en el lugar de la boca. La sugestión fue bastante clara, aunque ya digo que duró sólo un instante, pero yo me fui a cenar sorprendido de no sentir temor ante ella, sino sólo cierta extrañeza.

Para corroborar mi falta de temor, ahora escribiré «aquella noche dormí bien». Sin embargo, ¿cómo fue posible? Seguramente, porque pensé que aquella imagen de una cabeza de insecto ocupando el lugar que debería ocupar la mía era solamente una figuración, una imagen mental relacionada con el cuento chino del hombre y la mariposa que se soñarían mutuamente. El caso es que me levanté sin pereza y atendí mis obligaciones en la facultad. Por esas mutaciones periódicas del humor colectivo, aquel día todo el mundo estaba con pocas ganas de hablar, con ademanes de ausencia y desgana.

Yo aprovechaba aquel marasmo para intentar poner al día el programa, cuando sufrí un desvanecimiento y quedé en el suelo, incapaz de moverme. Oía sus comentarios sorprendidos o alarmados, pero no podía hablar ni salir de mi inmovilidad. Me trasladaron al despacho del decano y me tumbaron en el sofá. Yo continuaba sin poder moverme ni comunicarme, pero oía con claridad cómo expresaban su turbación. Y entonces descubrí en mi cuerpo un tacto nuevo. A través de mis ojos entreabiertos podía ver mis manos muy cercanas, colocadas sobre mi pecho por mis improvisados enfermeros, pero su percepción no era la habitual, y en lugar de sentir las yemas de varios dedos sólo notaba la de uno, que no se posaba blandamente sino con la dureza y la tensa vibración que transmitiría una larguísima uña. La sensación se hacía aún más clara si cerraba los ojos, y entonces también podía concentrar mejor mi atención en la manera como aquellos únicos y largos dedos de cada mano percibían el bulto de mi torso bajo la ropa, que ya no tenía la blandura caliente del cuerpo sino una rigidez acartonada y fría, como si mi piel se hubiese enfriado y endurecido. También percibía bajo mi nuca el volumen de un bulto voluminoso que parecía formar el principio de una espalda que no eran las de costumbre.

Intuí que entre mi repentina postración y las nuevas percepciones de mi cuerpo había una relación directa, como si fuese necesaria la una para que las otras consiguiesen manifestarse, pero me recuperé de pronto, con la misma rapidez con que me había desvanecido. Atribuí todo aquello a quimeras surgidas en el debilitamiento de mi conciencia, pues nadie entre los que me rodeaban mostró extrañeza alguna ante mi aspecto, sino una solicitud insólita, que al fin resultó la expresión del alivio que todos sentían ante lo pasajero y leve del incidente.

Me vine a casa, pero continué el resto del día sin estar muy seguro de mi propia estructura física: la acción de andar sobre mis dos piernas repercutía de un modo raro a cada lado de mi vientre, con una fuerza y una simetría que parecía anunciar la existencia fantasmagórica de otras dos piernas complementarias, y en aquel espacio entre los omoplatos en que había percibido el bulto de una también invisible joroba sentía el cosquilleo de una vibración peculiar. Además, cuando después del almuerzo me dispuse a beber una de las infusiones a que mi madre es tan aficionada, aunque había acercado la taza a la boca, me parecía que no estaba utilizando la lengua y los labios, como había hecho toda la vida, sino un apéndice chupador alargado que introduciría su extremo anterior en la taza humeante.

Recordé la famosa novela y me pregunté si estaría yo también convirtiéndome en un monstruoso insecto, aunque mi transformación perteneciese más al territorio de las propias fantasías y figuraciones que al de la verdadera experiencia física. Lo que me sorprendía —y me sigue sorprendiendo— era mi tranquilidad. Y es que yo vivía mis extrañas experiencias con indiferencia, como si no me atañesen, como si fuese otro el sujeto de aquellas inéditas sensaciones corporales.

Durante toda la tarde trabajé en mis papeles, sin dar importancia a la evidente torpeza de mis dedos, y después de cenar subí a la terraza, para echarle un vistazo al cometa. Mi madre subió conmigo.

—La otra vez que pasó yo estaba malísima —susurró—. Eran los primeros tiempos de mi embarazo de ti, y todo se me iba en náuseas y vómitos.

Los dos contemplábamos en silencio el suave resplandor oval que conseguía marcarse contra el reflejo carmesí de la luz ciudadana.

—Todo el mundo andaba de cabeza. Por aquellos mismos días desapareció Trude, la novia de Álvaro. La buscaron, bien que la buscaron, de día y de noche, por todas las sendas, no dejaron sitio sin mirar. Pero no consiguieron dar con ella. La abuela decía que era como si el cometa se la hubiese llevado. Társila, que es muy maliciosa, murmuraba que a lo mejor se había ido sin más ni más, sin avisar, para no darle explicaciones a mi hermano.

En aquella confidencia me pareció encontrar una de las piezas que me faltaban para comprender la actitud del tío Álvaro. Sin duda fue la desaparición de aquella mujer lo que lo había recluido en el Valle, para encerrarse doblemente, en la torre y en aquellas investigaciones rudimentarias que eran solamente un pretexto para justificar el abandono de sus anteriores vínculos profesionales y académicos.

La mañana del siguiente día no trajo novedades. Enlazando con mis comentarios al cuento chino y al del dinosaurio, les planteé también la oración inicial de la novela famosa que me había hecho reflexionar sobre mis sensaciones o figuraciones de la víspera. También ese mínimo fragmento podía ser un cuento en sí mismo, un cuento brevísimo:

Al despertar Gregorio Samsa una mañana, tras un sueño intranquilo, se encontró en su cama, convertido en un monstruoso insecto.

Les señalé cómo, a pesar de tratarse del inicio de una narración larga, había en el fragmento una concentración dramática que nos permitía considerarlo como un relato completo. ¿Por qué razón no concederle condición de relato exento y cerrado a este fragmento, si se la concedíamos al texto del dinosaurio? Empecé luego a analizar la relación entre los tres textos. Toda la literatura está unida, aunque sólo sea por imperceptibles filamentos, pero en el caso de los tres cuentos me parece que la familiaridad es evidente.

Pretendía llevar mis argumentos al tema del dormido despertado, pero mientras tanto intentaba también descubrir lo que podría encubrirse tras la apariencia juvenil de aquellos rostros, si es que también en ellos permanecía una figura invisible que cada uno, sin confesárselo a nadie, sentiría como la de un ser extraño y ajeno, y hasta horripilante. Les miraba con el mismo sosiego que ponía mi tío Álvaro en la observación de un gorgojo a través del vidrio de su lupa, mientras lo sostenía haciendo pinza con los dedos, pero de todos ellos irradiaba una fuerte emanación de cotidianidad. Sus rojeces y su acné mostraban la inmadurez de sus rostros, oscureciendo en algunos las prótesis la blancura de los dientes superiores, en muchos los cristales de los lentes ampliando la expresión ausente de la mirada.

Aquella tarde, mi madre me anunció que teníamos carta del tío Álvaro. Mi madre mostraba un gesto circunspecto y solemne, como si las noticias tuviesen algo que ver con defunciones o funerales. Le pregunté si pasaba algo, pero no contestó sino con el gesto de alargarme el sobre que contenía la carta, antes de decir:

—Yo creo que este hermano mío se ha vuelto loco.

En su carta, el tío Álvaro empezaba hablando del cometa. Cuando lo conoció por primera vez, tenía pocos años más de los que yo tengo ahora, pero el cometa había marcado su vida con un signo nefasto.

Mi tío Álvaro dedicaba casi toda la carta a hablar de Trude. Decía que la había conocido en el jardín botánico de una gran ciudad alemana. Ella estaba iniciando entonces su vida profesional, como ayudante en la conservación de los pabellones tropicales. Aquella muchacha había estado relacionada con un grupo de compañeros que apenas entonces comenzaban a comprender el fracaso de algunas ideas que, cuando eran todavía estudiantes, habían puesto en Europa una pasajera perturbación de utopía. Era apacible y silenciosa, incapaz de romper su actitud distante en la que, sin embargo, no había indiferencia. Según mi tío Álvaro, había en ella una naturaleza un poco etérea, como si perteneciese más al mundo de lo imaginario que al de lo real. Era frugal, desapasionada, tranquila.

Álvaro se había enamorado de Trude y la miraba trabajar entre la vegetación profusa que se alzaba bajo las grandes burbujas traslúcidas, recogiendo insectos o polen, controlando el grado de humedad y la temperatura, y al verla aproximarse a las grandes flores o a los cuadros de instrumentos hallaba en ella una ligereza grácil que no parecía humana. «A veces pensaba que no era un ser como nosotros, que su apariencia era un engaño óptico con el que encubría otra condición, la de esos seres ligerísimos que succionan el néctar de las flores, un colibrí o un *Macroglossum stellatarum*.»

Decía que, por muy cercana que la sintiese, siempre le parecía que estaba lejos, como si su razón y sus sentimientos siguiesen los resortes de una lógica ajena también a la del común de los mortales. «Aceptaba mi devoción con la misma quietud lejana y despegada, y yo sentía desolado que, a pesar de todo, aquella escurridiza manera de ser no era una simulación ni significaba una voluntad de no comprometerse.»

En los días del cometa, aquel tiempo según él aciago, Álvaro había invitado a Trude a conocer el Valle con todos los elementos que lo conformaban: su familia, la torre, el torrente, los prados, las blancas cumbres que rodeaban el espacio natal. «Le gustaba mirar cómo el sol se ponía entre los riscos y recorrer los caminos al anochecer, mientras esperaba la aparición del cometa. Permanecía contemplándolo durante todo el tiempo que era visible, mientras cruzaba el espacio nocturno. No quería que yo la acompañase, de modo que la esperaba sentado en la torre, leyendo o trabajando. Y la oía regresar entre los ruidos de la noche —el reclamo de los sapos, los grillos y los pájaros y el aleteo de los murciélagos— como si sus pisadas suaves y ligeras, al atravesar el prado, diesen señal de la presencia de otro ser de la naturaleza. Por fin sentía sus pasos en el zaguán, y luego subiendo las escaleras. Como un sonido musical, que no correspondiese a los esfuerzos musculares de un cuerpo en el proceso de desplazarse.» Una noche no regresó.

«La llegada del cometa me ha hecho rememorar todo aquello vivamente: la consternación ante su ausencia, la larga búsqueda infructuosa.» Pero en los últimos tiempos se le había ocurrido que acaso Trude permanecía allí, en el Valle, aunque él no fuese capaz de verla. Y era que, cada vez más a menudo, le parecía sentir el crujido de los escalones del mismo modo que sonaban cuando ella los pisaba, al regreso de sus paseos nocturnos.

Concluía pidiendo nuestra compañía, sobre todo la mía, que desde hace tantos años apenas paso en el Valle una semana al año. «Tienes que venir a ayudarme a verificar sus huellas —concluía—. Me he hecho demasiado viejo y necesito unos oídos y unos ojos como los tuyos».

Mi madre no había dejado de mirarme mientras leía la carta.

—La gente se trastorna con ese dichoso cometa —dijo.

Elisa llegó ese mismo día, al atardecer. No traía equipaje. Lo primero que sentí fueron sus ojos oscuros y restallantes. Tampoco el resto de su aspecto había cambiado mucho. Seguía siendo delgada, aunque llevaba el pelo muy corto en vez de la melenita que había sido habitual en ella desde la niñez. Ante la perplejidad de mi madre, Elisa no mostró ningún titubeo al reclamar su habitación. Luego, más como una información que para justificar su inesperada irrupción en nuestras vidas, dijo que solamente estaría dos días, y me miraba con aquella intensidad que yo nunca había sido capaz de descifrar.

—A lo mejor, ni siquiera dos días —añadió, y su mirada me devoraba en la penumbra del recibidor.

Mi madre no objetó nada. Más allá de su cortesía, su disposición bondadosa le había obligado ya a prepararle a nuestra inquilina la habitación vacía que había sido de mi abuela. Después de cenar subimos a la terraza para ver el cometa. Eran los días de su mayor aproximación y el óvalo luminoso con su larga cola, cada vez más parecido a un espermatozoide, resaltaba claramente entre la bóveda sucia que se extendía sobre la ciudad.

—Mañana, mañana será el momento —creí oír de la boca de Elisa, y me sorprendió el contacto de su mano en la mía.

Con la misma serenidad con que había venido encontrando insólitas y pasajeras novedades en mi cuerpo, descubrí entonces que el tacto de su mano no era cálido ni tenía la plural acogida de los dedos, pues mi mano —que sin duda en aquel momento era una verdadera mano— lo que percibía era una especie de largo apéndice peludo del que sobresalía una firme uña cilíndrica. Miré aquello con atención, pero en la sombra nocturna, diluida por el reverbero luminoso de la ciudad, no vi otra cosa que la mano de Elisa, que apretaba la mía con la misma fuerza con que sus ojos me miraban. «Mañana», repitió.

Me parece muy difícil describir fielmente todo lo sucedido esa noche.

Intentaré empezar diciendo que después de dejar la terraza nos fuimos cada uno a nuestro cuarto, y que yo me encontraba desvelado, porque la presencia de Elisa había despertado en mí el enardecimiento de los veranos de la adolescencia, aquel tiempo en que hasta la propia luz y los olores del día eran capaces de provocar en mi ánimo una sucesión de impresiones indefinibles y hasta contradictorias, un temor confuso la luz implacable del mediodía, que a su vez despertaba en los arbustos esos aromas secos tan estimulantes de la placidez, o cierta euforia la larga luz del atardecer, cuando sin embargo el olor húmedo de los prados me incitaba a sentir la congoja de alguna pérdida que no podía identificar, y en cada momento y en cada paraje una conciencia titubeante, que ya no tenía la capacidad de embeleso de la infancia pero que tampoco podía apoyarse en esas seguridades que al parecer eran privilegio de los adultos.

La presencia de Elisa en mi casa me devolvía el recuerdo de mis vacilaciones, y daba vueltas en la cama sin acabar de dormirme cuando se abrió la puerta. Encendí la luz y me la encontré ante mí, completamente desnuda, mirándome con sus ojos minerales. Elisa señaló la lámpara con la mano, haciendo un gesto, y yo apagué la luz.

Debería ser capaz de relatar ahora todo lo que sucedió, todo lo que me fue revelado. No puedo decir que Elisa estuvo en mis brazos ni yo en los suyos. Los cuerpos que se encontraron sobre mi cama en la oscuridad no tenían el tacto de nuestros cuerpos humanos. Fue como si aquella nueva corporeidad disimulada que yo había vislumbrado hubiese sustituido definitivamente a la humana, y nuestros miembros se hubiesen convertido en otros, que se regían por distintas reglas orgánicas y musculares.

A veces, cuando estábamos con mi tío Álvaro y él descubría insectos en el acto de la cópula, yo insistía mucho en mostrárselos a Elisa, con el propósito malicioso de mellar la seguridad del muro que su actitud había logrado interponer entre nosotros. Creo que esa noche yo he experimentado en mi propia persona los movimientos y las sensaciones de aquellos apareamientos, sintiendo en mi vientre peludo el vientre de la hembra y sujetando con mis garras adherentes su lomo quitinoso, mientras las patas pinzosas ceñían su abdomen y temblaban las alas y las antenas de los dos. Yo sentía nuestra unión en mi sexo como un contacto corrosivo, pero no podía separarme del otro cuerpo vibrante, que emitía un zumbido sordo.

En otra de las ocasiones en que el tío Álvaro nos hablaba de las características de los insectos, Elisa había subrayado con su contacto y su mirada el hecho de que los insectos no tienen la servidumbre del aprendizaje, nacen ya con esa asombrosa cualidad de una memoria completa de todo lo necesario para vivir en comunidad y para sobrevivir. Nacen sabiendo lo que tienen que hacer.

¿Cómo había podido olvidarlo? Imágenes grabadas en esas zonas profundas de mi otro ser, que deberían haber permanecido patentes en mi memoria, vi las flores oscuras enhiestas en la blancura azulada del cometa, que sobrevolaban aquellos enormes seres de alas multicolores. Aunque ahora mismo no sé si lo recordé, o si era esa hembra quien me lo estaba susurrando mientras nuestras espiritrompas se entrelazaban con la misma lascivia con que se trenzan las lenguas de la pareja humana en el acto amoroso.

Ella se aferraba a mí con sus largas uñas y de su sexo fluía una sustancia ácida, tibia y olorosa que me abrasaba de placer. Yo estaba seguro de que aquel tacto cáustico que bullía en el centro mismo de mi sensibilidad acabaría por deshacer mi sexo antes de destruir el resto de mi cuerpo, pero no me importaba, dispuesto a dejarme aniquilar como si estuviese cumpliendo las fases necesarias de un obligado acabamiento que no podía rehuir y al que no quería renunciar.

Luego me quedé dormido, y cuando desperté Elisa ya no se encontraba allí, pero mi cuerpo humano estaba lleno de arañazos, mis labios cortados y en mi sexo ardía la huella de una gran quemadura.

Apenas pude levantarme en toda la jornada. Me curé como pude las heridas del cuerpo y atribuí a un mal golpe las únicas visibles. A la hora de la comida, encontré en Elisa la misma indiferencia que había sido su costumbre de tantos años. Como he dicho, el resto del día permanecí en mi cama, hundido en una languidez que tenía también mucho de abulia.

No me levanté a cenar, y mi madre me preparó uno de los caldos que nutrían mis enfermedades infantiles. Ponía su mano en mi frente y me miraba con una preocupación en que cristalizaban todas las penas antiguas de su infatigable tutela.

—No parece que tengas calentura —dijo, aunque yo sentía dentro de mí el temblor y el frío propios de la fiebre.

Por fin me quedé dormido, pero me despertó la llegada de Elisa. Estaba también desnuda, y me ordenó que me levantara y me desnudase.

—Nos vamos —ordenó.

Eran las dos de la madrugada. Subimos a la terraza. Elisa me señaló otras figuras inmóviles, dispersas en las terrazas de las casas vecinas.

—Hermanos —dijo.

Pero ya no era Elisa. Era una gigantesca mariposa, vertical sobre sus patas traseras, que tenían la forma de las piernas de la mujer que había sido antes. En su vientre peludo, por encima de ellas, había otras dos patas, éstas mucho más parecidas a las de los insectos. Y mucho más arriba, en el otro segmento de su cuerpo, dos pequeños apéndices articulados, rematados por las uñas cilíndricas que yo ya había sentido en mi mano. En esa parte intermedia de su cuerpo sobresalían dos pechos femeninos de la masa vellosa, y en la cabeza, coronada por dos largas antenas liriformes, brillaba el pavonado de los ojos que yo había visto brillar tantas veces, multiplicado en las innumerables facetas de dos grandes esferas. En la cabeza permanecía la misma boca, aunque el lugar de la lengua estaba ocupado por una larga y fina trompa. Como una capa, unas alas enormes cubrían su parte dorsal.

Entonces percibí que en mí había tenido lugar el mismo desvelamiento, y que mi cuerpo mostraba también aquella forma de enorme mariposa. Sobre la bruma bermeja que cubría la ciudad, el cometa brillaba como no lo había hecho nunca en las noches anteriores. Ella comenzó a mover sus alas y se alzó bruscamente, y yo aleteé también y la seguí. Las figuras humanas antes inmóviles en las otras terrazas se habían transformado también en grandes mariposas que empezaban a alzar el vuelo. Algunas escamas desprendidas de las alas marcaban en el espacio un rastro chispeante.

Apenas me había separado de la terraza siguiendo el vuelo de Elisa, mientras vislumbraba el de los demás cuerpos que aleteaban a lo lejos, separándose también de la ciudad, cuando comprendí que yo no sería capaz de recorrer el largo camino que nos separaba del cometa. La terraza de mi casa estaba aún muy cercana, casi debajo de mí, y mis fuerzas empezaron a fallar. Aleteaba, pero no podía continuar ascendiendo. Viví entonces con toda certeza esa experiencia que anteriormente sólo había tenido en sueños, la de sentir que todos mis esfuerzos eran inútiles y que no conseguía remontar el vuelo y ganar altura. Mis torpes aleteos y las cuerdas de tender la ropa fueron amortiguando mi caída en el patio interior del edificio. Quedé al fin desplomado en el suelo, y mi conciencia empezó a desvanecerse entre un fuerte olor a orines de gato.

Caído en el patio boca arriba, tenía sobre mí el espacio cuadrangular que acotaban las paredes interiores del edificio. Más allá de las cuerdas de la ropa tendida, el cometa ocupaba el centro de un espacio rosado y neblinoso. Acaso entonces mezclé en mi pensamiento, con la memoria profunda del otro que me ocupaba, algunas de las explicaciones del tío Álvaro, recreadas por el tiempo y el ensueño.

Volvía a ver las largas llanuras heladas donde brotaban las gigantescas flores negras y moradas de áspera textura, bajo el brillo permanente de las estrellas. Y vi el momento en que las simientes de las grandes mariposas eran lanzadas al espacio, como minúsculas réplicas de aquel inmenso espermatozoide sembradas cerca de los astros capaces de ayudar a germinar su simiente.

Te vi a ti, madre, tantos años antes, tu rostro el de una fotografía donde sonríes tristemente bajo una pamela, pero no llevabas puesta la pamela, estabas pálida y débil y la abuela te acompañaba solícita, y ambas contemplabais en la noche ese mismo cometa, cuando yo no había nacido. Y vi el interior de tu vientre, donde mi propio embrión empezaba a formarse, y vi muchos vientres más que en aquella noche acogían también un inicio palpitante de vida humana, y todos esos vientres eran también la noche de un espacio inmenso y estelar, que iban buscando las semillas del cometa.

Vi la simiente del cometa llegar del espacio oscuro hasta el planeta cálido, y la descubrí encontrando aquellos cobijos en que empezaba a agitarse la vida humana, y sentí cómo la simiente lejana se entrelazaba con el embrión en el vientre de mi madre para acomodar a él su propia gestación.

Mi recuerdo era como una de las lecciones del tío Álvaro bajo la luz del verano, mientras un milano planeaba con lentitud sobre nosotros y él señalaba el caparazón de un escarabajo y nos hablaba de su ciclo de reproducción. Una memoria susurrante me devolvía al planeta en su viaje a través del universo, hasta que el recorrido se cumplía una vez más. Y yo veía a los vástagos nacidos de las fecundaciones de la anterior visita alzando su vuelo para regresar al mundo originario, mientras nuevas semillas llovían en la negrura del espacio buscando los óvulos propicios.

Recobré la conciencia para encontrar las miradas de mi madre y de los porteros. La conmiseración que había en una, y la extrañeza suspicaz de las otras, no conseguían ocultar el horror que a todos les suscitaba mi apariencia. No pude evitar que llamasen a un médico, que tras examinar las señales de mi cuerpo quitó importancia al asunto, me recetó una pomada y unas pastillas e hizo un comentario oscuro y sarcástico sobre ciertos gustos turbios de la juventud de hoy. Por fin me quedé solo en mi habitación, bien arropado, entregado a un descanso absorbente.

A lo largo del día he dormido a ratos, y en mis vigilias he pensado en el fracaso de mi retorno al mundo originario. Creo que Elisa y los demás pudieron volar porque ese viaje había sido el objetivo de toda su vida. Sin duda Elisa nunca esperó otra cosa. Pero en mí algo debió de fallar desde el principio, una amnesia que nunca me permitió reconocer mi doble naturaleza, y la primacía de la invisible. No he tenido fuerzas para despegarme de todo esto. Para ellos el vuelo nocturno cumplió el anhelo de toda la vida anterior, pero yo he vivido siempre como un ser humano, con esperanzas puestas en cosas pequeñas y a corto plazo, con satisfacciones cotidianas de afanes menudos.

Con los ojos cerrados, palpaba con cuidado todos mis miembros, pero sólo encontraba el tacto de mi carne, como si cualquier rastro de ese otro que también he mostrado ser hubiese desaparecido. Los caldos de mi madre siguieron poniendo en la jornada alguna dulzura de la niñez. Por la tarde me atreví a preguntarle por Elisa y me contestó que al parecer se había ido sin despedirse.

—Ha dejado ropa por ahí tirada, qué sé yo. ¿Esa chica no estará metida en algún lío?

No dijo más, porque asumía con la resignación automática de su bondad un trato descortés que no se había merecido. Me sentí a gusto de ser hijo suyo, de haber germinado dentro de su vientre, y luego dormí toda la noche de un tirón.

Con la llegada del día me he levantado para escribir esto. Acaso lo olvide todo. Ojalá lo olvide. Tal vez cuando relea este escrito acabe por destruirlo.

En otros momentos de la vida, he descubierto en la literatura algunas claves para comprenderme, y creo que la literatura puede ayudarme también a entender mejor lo que me ha sucedido. Acaso he soñado que era una mariposa. Pero no hay ahora nada alrededor de mí que me recuerde mi sueño. Estoy en la vigilia, y me descubro convertido en un hombre de carne y hueso.

El inocente

El profesor Sierra acostumbraba a mostrarse bastante cercano a sus alumnos. No le costaba sonreír, ni hacer bromas, y raras veces se enfadaba. Sin embargo, aquella mañana había entrado en clase con talante serio, un aire diferente del habitual, y después de sentarse en su mesa permaneció un rato sin hablar, mirándonos despacio, como si no nos reconociese. Al principio se pudieron escuchar algunas risitas, como anticipos jocosos del chiste que la gente estaba esperando, pero luego todos nos quedamos también silenciosos, contemplándole con la misma atención con que él nos miraba a nosotros.

Habló por fin para decirnos que aquel día la clase iba a ser distinta, que no íbamos a tratar directamente ningún tema del programa, que nos iba a contar una historia. Enseguida matizó lo que había dicho y añadió que, para que la cosa no pareciese tan rara, su relato podíamos considerarlo como una narración oral, y además en primera persona, exclamó, sonriendo por primera vez. Luego se puso de pie y, acercándose a la parte delantera de su mesa, se apoyó en ella y se cruzó de brazos, recuperando una de sus posturas preferidas. Yo creo que entonces todos nos sentimos más relajados.

—La historia que os voy a contar empieza hace quince años. Yo tenía entonces vuestra edad. Imaginaos a mis amigos y a mí cuando íbamos a estudiar al instituto. Vosotros nos miráis como si pensaseis que siempre hemos sido adultos, y nosotros solemos olvidar que también fuimos adolescentes. En fin, los años han pasado, como pasarán para vosotros, y yo he perdido el contacto con casi todos mis compañeros de entonces. Me fui a estudiar la carrera lejos de aquella ciudad, otros también se marcharon, nos dispersamos. Sólo he seguido teniendo comunicación con uno de ellos, Héctor, que nunca se movió de allí. Casi no hemos vuelto a vernos, y apenas sabríamos nada el uno del otro, si no fuese porque al final de cada año nos cruzamos unas postales, contándonos en pocas palabras cómo nos ha ido y deseándonos feliz año nuevo. Pero ayer por la noche mi antiguo amigo Héctor me telefoneó, muy conmovido, para decirme que había muerto su hermano Fidel, otro de los compañeros de aquellos años. La noticia me trajo a la cabeza muchas cosas de entonces, y una aventura muy rara, misteriosa, que nunca he podido olvidar. Esta mañana, de camino hacia aquí, he decidido contárosla, aunque siga sin encontrarle explicación. A lo mejor os la cuento para volver a escuchármela a mí mismo, para seguir intentando entenderla.

Se acercó a la pizarra y trazó una especie de circunferencia, como si fuese a componer un diagrama, pero enseguida nos dimos cuenta de que era un dibujo sin objeto, un puro garabato, pues mientras hablaba fue dibujando rayas alrededor sin ton ni son.

—Llevábamos siendo amigos varios cursos. Héctor, Antonio, Luis, a éste siempre le llamábamos Beli, una abreviatura del apellido, y yo. Íbamos juntos al cine, al río, de paseo, jugábamos entre nosotros a los juegos de cada temporada, al fútbol, nos pasábamos los apuntes, intentábamos ayudarnos en los exámenes.

Soltó la tiza y volvió a apoyarse en su mesa. En medio de la pizarra quedó pintado un sol deforme.

—Aquel curso vino al instituto, a la clase anterior a la nuestra, el hermano de Héctor, Fidel, al que acabaríamos llamando Fidelín. Sabíamos que Héctor tenía un hermano pero nunca le preguntábamos por él, porque se decía que aquel chico no estaba bien, y que por eso lo tenían interno en un colegio especial, pero aquel año lo pasaron a los cursos normales. Que el chico no estaba bien se notaba enseguida, en cuanto se le oía hablar. Era bastante alto, más que la mayoría de los de su edad, un poco gordo, con unos andares muy desmañados, y tenía cierta dificultad para expresarse y para entender las cosas. El mismo día que llegó, uno de los mayores, con el que tropezó en el recreo, le dio un empujón llamándole subnormal, retrasado mental. Héctor, que lo oyó, se lanzó contra él como un rayo y empezaron a darse puñetazos. A Héctor le costó sangrar por la nariz y a su contrincante un ojo morado, y ambos fueron castigados, pero nadie volvió a tratar mal a Fidelín. Héctor decía que su hermano era un inocente, que es como llamaban antes en los pueblos a esos chicos. «Mi hermano es un inocente, y a los inocentes hay que respetarlos —decía—. Mi hermano no se mete con nadie, y nadie tiene derecho a meterse con él». Su afán de proteger a Fidelín llegó a tal punto que lo incorporó a nuestra pandilla. Lo llevaba con nosotros a jugar al fútbol y lo ponía de árbitro, menos mal que no le hacíamos caso, al cine, de paseo, a la feria, cuando la había. Así, Fidelín se convirtió en otro miembro del grupo, y al fin nos acostumbramos a su extraña forma de andar y de hablar, a sus ocurrencias, que nos hacían reír sin remedio, y el propio Héctor acabó tolerando nuestras burlas amistosas hacia su hermano. Por ejemplo, cuando le explicaron en clase la fotosíntesis, nos contó que las plantas respiraban como nosotros, que si nos fijábamos bien se podía ver que cada hoja se hincha y se deshincha, y que los árboles hacen ruido de soltar el aire, de vez en cuando. A veces se ponía a hablar con los bichos, una hormiga, una oruga, un escarabajo, a preguntarles cómo se encontraban, qué habían comido, que qué tal la familia. Una vez, en Navidades, fuimos a la iglesia de San Francisco, que ponía un belén muy celebrado, y se echó a llorar porque decía que el buey del portal tenía los ojos demasiado tristes. Otra vez que fuimos al río a pescar, nos amargó la tarde, porque, según él, aquellos barbos que habíamos sacado estaban gritando de sentir que se ahogaban fuera del agua. En algunas ocasiones se exaltaba un poco, y aquélla fue una de ellas, y Héctor dijo que se lo iba a llevar a casa para que le diesen una pastilla, pero antes tuvimos que devolver la pesca al río. A veces hacía cosas raras, a lo mejor el parque estaba solitario y él echaba a correr como si persiguiese una pelota real, o se ponía a hablar como si conversase con alguien, mirando a un punto vacío. Pero, con sus rarezas, era un compañero dócil, pacífico y alegre.

Era bastante raro que un profesor, aunque fuese don Miguel Sierra, se pusiese a contarnos cosas de su vida, de manera que todos estábamos pendientes de sus palabras.

—La historia que os voy a contar sucedió aquel mismo curso o al siguiente, ya no estoy seguro. En el instituto habíamos hecho una excursión a un paraje de montes carcomidos que son el resultado de la minería del oro en tiempo de los romanos, hace dos mil años. Lo llaman Las Médulas. Es un lugar extraño, silencioso, muy solitario. Entre grupos de árboles se alzan, como esqueletos de tierra de color amarillento, los restos de las grandes montañas desaparecidas. Para extraer el oro, en aquellas montañas se perforaban largos túneles, con trabajo muy duro de esclavos, y luego se hacía entrar por allí a presión agua que llegaba a través de un sistema de canales que también los esclavos habían excavado en la roca viva de las montañas circundantes. El agua derrumbaba los túneles y arrastraba la tierra hasta unos enormes lavaderos en que quedaban depositadas las pepitas de oro. El lugar estimuló nuestra imaginación, pues mis amigos y yo pensábamos que sin duda en aquella tierra debía de quedar todavía oro, mucho oro. De modo que nos propusimos buscarlo.

El recuerdo de aquellas lejanas ilusiones le hizo sonreír. Guardó silencio y se puso a mirarnos otra vez de uno en uno, como si se preguntase cuál podía ser la quimera en que soñábamos nosotros. No había risitas, ni comentarios, nadie se movía. Aquellas confidencias insólitas nos estaban resultando demasiado sorprendentes.

—Aprovechamos otra excursión escolar. Mentimos en casa. Ya sé que esto que os digo no resulta muy ejemplar, pero así fue. Coincidiendo con el tiempo de la excursión verdadera, de la oficial, y empleando el dinero en la nuestra, nosotros nos iríamos a los viejos restos de las minas romanas. Conseguimos unas tiendas de campaña pequeñas, sacos de dormir para todos. Calculamos la comida necesaria, el agua. Llevaríamos azadas, palas de jardín, cedazos, linternas, pilas. El viaje fue una odisea, dos autobuses primero, con largo tiempo de trasbordo entre uno y otro, luego una interminable caminata con todo a cuestas. Mientras tanto, le íbamos contando a Fidelín el objetivo de nuestra excursión, le hablábamos de los canales, del agua que había hecho derrumbarse las galerías y que arrastraba la tierra en torrentes de arenas auríferas, de los esclavos sudorosos, de los soldados vigilantes, del oro que al cabo brillaría en los grandes depósitos, una vez arrancado de la tierra. No podíamos saber si era consciente de nuestras referencias a un tiempo tan lejano, el mismo tiempo en que había nacido Jesucristo, pero él nos escuchaba con interés, se contagiaba de nuestro entusiasmo de buscadores de aquel oro con que estaban hechos los anillos de matrimonio, los pendientes y las pulseras de nuestras madres y hermanas, los cálices de las iglesias, las monedas de las leyendas. Llegamos al lugar bastante tarde. El sol declinante iluminaba los picos de aquellos montes roídos y les hacía parecer los dientes de una enorme dentadura abierta en el valle.

Se levantó de nuevo para acercarse a la pizarra y guardó silencio mientras dibujaba unas siluetas quebradas, acaso las de aquellos montes con aspecto de grandes dientes puntiagudos y llenos de caries. Contempló unos instantes lo que había dibujado, dejó la tiza, y antes de volver a sentarse se limpió cuidadosamente los dedos con el trapo.

—Cuando empezamos a montar las tiendas, comenzó a manifestarse el desasosiego de Fidelín. Se había acercado a una parte del monte en que se abría la enorme boca de una de las antiguas galerías, pero volvió corriendo a donde estábamos. «El agua, el agua —balbuceaba—, aquí las tiendas no, por aquí pasa el agua, nos llevará, nos ahogaremos». Le aseguramos que eso era imposible, que hacía cientos y cientos de años que ningún agua que no fuese la de la lluvia mojaba aquellos parajes, pero se puso tan nervioso, que Héctor nos pidió que cambiásemos el emplazamiento de las tiendas para que se tranquilizase. Buscamos otro sitio y no lo encontramos tan llano. Sin embargo, tuvimos que aguantarnos. Estábamos arrepentidos de haberle contado nuestro proyecto a Fidelín con tanto fervor, pues sentíamos que habíamos sido nosotros mismos los causantes de aquella actitud suya. Mientras acabábamos de montar las tiendas y de ordenar las cosas, Fidelín volvió a merodear por el bosquecillo. Héctor le había dicho que no fuese lejos, que no se apartase mucho de nosotros, y regresó al cabo de un rato, muy excitado. «¡Los esclavos! —gritaba—, ¡los esclavos!». Parecía despavorido. «¡Hay muchos, muchos! ¡Los atan con cadenas para llevarlos a dormir, les dan de cenar un pedazo de pan!» «Vale, Fidelín, ahora vamos a cenar nosotros», le dijo Héctor, pero Fidelín nos hizo seguirle, mientras corría con sus andares bamboleantes. El sol ya se había puesto y había una opacidad azulada, una bruma ligerísima embalsada entre las masas picudas de los montes arruinados. Fidelín señalaba aquella opacidad como si mostrase algo muy interesante. «Los soldados, los esclavos», murmuraba, pero allí no había otra cosa que árboles, rocas, y la oscuridad que iba depositándose en silencio sobre todas las cosas. Regresamos con él al campamento, pero parecía muy nervioso, y Héctor estaba contrariado. «Mira que si hoy le da uno de sus ataques aquí, lejos de todo el mundo, sin pastillas.» Pero al cabo Fidelín dejó de hablar de aquellas cosas, de los esclavos desarrapados, de los soldados con sus lanzas y escudos. Hicimos una hoguera, cenamos con hambre unos bocadillos. Yo creo que sentíamos la aventura como un sabor, como un tacto en la piel. Salió una luna enorme, al principio rojiza, luego amarillenta, por fin blanca como nieve, que llenó el paraje de claroscuros, de sombras movedizas. Empezaban a oírse cantos o graznidos de pájaros, aleteos, crujidos en la maleza, ruidos de insectos, sonidos en lo oscuro que nos inquietaban, aunque disimulásemos.

La narración del profesor Sierra se había hecho más lenta y parecía recrearse en la memoria de aquel anochecer. Tras una pausa, se puso de pie para reclinar otra vez el cuerpo en la mesa, cruzado de brazos y de piernas.

—Acordamos el plan del día siguiente: penetrar en alguna de las grandes cuevas, cavar, cerner la tierra cavada en busca de las riquísimas pepitas. A la luz de la hoguera los ojos de Fidelín brillaban muy abiertos, como si permaneciese pasmado por alguna visión. Después de un rato, seguros de que la jornada próxima estaría llena de estupendos hallazgos áureos, nos acostamos. Estaban en la tienda más pequeña Héctor y Fidelín, y en la otra Antonio, Luis Belinchón y yo. Creo que a todos nos costó un poco quedarnos dormidos, porque aquellos murmullos del monte parecían dar señal de muchas presencias acechantes, y la lona de la tienda, iluminada por la luna, mantenía sobre nuestras cabezas un raro fulgor. Pero al fin caímos en el sueño. Nos despertó de repente la voz de Héctor, que llamaba repetidamente a su hermano, y luego sonó la cremallera de nuestra tienda. El tono de la voz de Héctor daba señal de su inquietud: «¡Fidelín no está en la tienda, ni alrededor! ¡Ha desaparecido!», gritaba. Salimos de los sacos, nos abrigamos un poco, cogimos las linternas. Ante la noche, a la vez luminosa y llena de sombras indescifrables, nos sentíamos confusos, desorientados. «¡Hay que encontrarlo!», decía Héctor. Nos separamos y recorrimos el lugar llamándole a voces, pero no contestaba. La búsqueda duró bastante tiempo, y a veces nos encontrábamos los propios buscadores, sobresaltándonos, pues no conseguíamos identificarnos en lo oscuro. Después de un rato bastante largo volvimos a concentrarnos en el campamento. Héctor propuso ir al pueblo a pedir ayuda. Los demás no sabíamos qué hacer. La noche se había puesto fresca y yo, entre el frío y el sueño, tenía una fuerte sensación de pesadilla. Cuando habíamos decidido que iríamos al pueblo Héctor y yo, y que los demás permanecerían en el campamento, con un fuego encendido para señalar el lugar, se escuchó la voz de Fidelín. Estaba en el borde del bosquecillo, mirándonos con los mismos ojos desorbitados que había mostrado a la luz de la hoguera. Musitaba palabras ininteligibles y sufría una fuerte tiritona. Héctor le obligó a acostarse, nos acostamos todos, y nos quedamos durmiendo hasta que el sol estuvo muy arriba.

El profesor Sierra había bajado de la tarima y estuvo moviéndose con parsimonia por los pasillos entre los pupitres, deteniéndose de vez en cuando para mirarnos de cerca, como si estuviese hablando con cada uno de nosotros. Volvió a subir a la tarima, se apoyó otra vez en su mesa y se frotó las manos con lentitud.

—Os preguntaréis adónde quiero ir a parar. Bueno, la aventura, así contada, parece que no tiene nada de particular, y estoy seguro de que bastantes de vosotros, chicos o chicas, habéis vivido alguna noche semejante. Pero aquella vez sucedió algo que no consigo explicarme, algo que me ha hecho evocar esa noche con viveza, cuando supe que el pobre Fidelín había muerto. Os dije que dormimos hasta la media mañana. Nos despertamos con hambre. El sol tan cálido y el descanso nos habían puesto de buen humor y acosábamos entre risas a Fidelín para que nos contase en qué discoteca o club de alterne se había metido. Él nos miraba un poco aturdido, porque no entendía nuestras bromas. Luego, cuando ya no le hacíamos caso, dijo que había encontrado el oro. Así lo dijo: «Encontré el oro». Era una salida tan rara, que los ojos de todos nosotros quedaron fijos en él. «Lo tienen en unas cajas de hierro muy grandes. Hay allí muchos soldados, pero no me cogieron. Estaban allí mismo, al lado mío, pero no me dijeron nada, como si no me viesen.» Metió entonces la mano en un bolsillo del pantalón y sacó algo que brillaba en su palma. «Os las traje de recuerdo, las más gordas que encontré. Una para Héctor, otra para Antonio, otra para Miguel, otra para Beli.» Eran cuatro piedrecitas doradas, del tamaño de avellanas.

En la clase había eso que se llama verdadera expectación, aunque luego supe que, como yo, muchos pensaban que el profesor Sierra nos estaba gastando una broma. El caso es que se desabrochó la camisa, sujetó una cadena que llevaba al cuello y, tras soltarla, nos enseñó un pequeño colgante dorado.

—Aquí está la mía. Echadle un vistazo, si queréis, írosla pasando. Oro puro, macizo. Ése fue el oro que conseguimos, aunque yo no puedo imaginar de dónde lo sacó el pobre Fidelín. Y ahora que lo he vuelto a recordar, pienso que acaso lo más razonable sea no seguir dándole vueltas al asunto.

La impaciencia del soñador

La impaciencia no le ha dejado quedarse en el despacho, esperando la noticia, y llama por el móvil a Almudena. «No aguanto más, me voy a dar un paseo, avísame en cuanto sepas algo.» Ella responde que lo hará: «Pero no te pongas nervioso, acaban de entrar, yo creo que hay para rato». De modo que echa a andar, a andar, sin seguir una ruta demasiado consciente, hasta que se encuentra junto a las ermitas, frente al monumento recién inaugurado:

AL INGENIERO Y ARQUITECTO
JUAN BAUTISTA ANTONELLI
EL PUEBLO DE MADRID, AGRADECIDO

La luz es muy dorada y unos niños juegan en la plaza. A lo lejos, en el río, el movimiento incesante de las grandes barcazas de transporte se acompasa, en su suavidad, a la placidez de la tarde. Las gaviotas revolotean sobre las grúas del puerto.

Piensa que ya iba siendo hora de que el ingeniero Antonelli tuviese una estatua en Madrid. Claro que el gusto no ha estado a la altura de los buenos propósitos municipales, la estatua es excesivamente realista en lo menos significativo, el autor se ha esmerado sobre todo en la fidelidad de la indumentaria, en la meticulosa reproducción de la cuera, el jubón, las calzas con muslos acuchillados, y una gorra con una gran pluma, que le dan a la figura cierto aire carnavalesco, rematado por el gran compás que sostiene entre sus manos. La postura desmañada de la estatua no denota demasiado talento artístico en el escultor, pero por fin Madrid reconoce públicamente a quien fue el principal iniciador de su grandeza.

De repente comprende que su errático paseo no le ha traído aquí por casualidad. Ya desde su llegada a la Villa y Corte, en los tiempos de estudiante, le gustaba acercarse a estos lugares donde se alzan las ermitas de San Antonio, junto a los muelles de La Florida. Por un lado, la primera contemplación de los frescos de Goya le había fascinado, esas majas de cuerpos y ojos incitantes, esos mendigos y cargadores en el borde del agua, esos tipos de barba cerrada asomados a la borda de un navío, los grandes pañuelos rojos en la cabeza, aretes en las orejas, el mango de una faca, alguna pata de palo, algún parche ocultando el ojo tuerto.

Los preciosos frescos son sin duda testimonio de lo que debieron ofrecer los muelles de La Florida en la época de Goya, pero en sus tiempos de estudiante seguían teniendo bastante sabor, varias tabernas con acordeonistas, tonadilleras y cantantes de fados, barcos de arcaica traza amarrados a los muelles, que todavía eran de madera, las farolas de gas dándole al lugar una atmósfera pintoresca. A última hora de la tarde llegaba el correo de Lisboa, el mismo barco de vapor, movido por grandes palas laterales, que se conserva en el Museo Fluvial de Aranjuez, y su lenta aproximación ponía en el Manzanares una misteriosa atmósfera de Misisipí.

La reforma urbanística de la zona ha hecho desaparecer los muelles y pantalanes de madera, las tabernas, las farolas de gas, ciertas casas entonces adornadas con un farolillo rojo sobre el dintel, y aquel barco de palas, que evocaba el mundo americano de tahúres y aventureros, ha sido sustituido por un rápido *overcraft*. Ya no queda nada del antiguo pintoresquismo, pero le sigue gustando visitar los muelles, recorrer los jardines que los flanquean, imaginar ese océano Atlántico que, no por lejano y ajeno, ha impedido que Madrid sea puerto de mar, como imaginó el genial Antonelli.

Sentado pues ante su estatua, piensa que su visita de esta tarde tiene una significación diferente, cumple a la vez el papel de una ofrenda, de una imploración al soñador afortunado que fue capaz de imponer su sueño, de parte de quien está pendiente de que otro sueño pueda hacerse realidad. Su sueño, además, es mucho menos ambicioso que el de Juan Bautista Antonelli.

Se sabe que Antonelli, aquel romano tan español, no lo tuvo nada fácil, y que sólo la cercanía al rey Felipe II, basada en una confianza casi familiar, pues el ingeniero y arquitecto había servido ya al emperador Carlos V, pudo hacer posible que el rey tuviese noticia de sus proyectos en la misma boca de quien los imaginaba. Juan Bautista Antonelli había probado su talento como constructor de fortificaciones al servicio de la corona en muchos lugares —todo el mundo se hizo lenguas de la fortificación de Orán—, y ese talento suyo para la erección de fortalezas tan inexpugnables en su naturaleza como asombrosas en su aspecto lo heredaría su hijo Bautista, que con los años llevaría a cabo la traza y la construcción de las de Puerto Rico, La Habana y Cartagena de Indias, por lo menos. Sin embargo, su idea de la canalización de ríos iba mucho más lejos de lo que entonces se conocía en Europa.

Juan Bautista Antonelli, en sus viajes con el Emperador, había descubierto las vías fluviales alemanas y flamencas, y los ríos españoles habían hecho encenderse en él una ferviente pasión canalizadora. Todos los grandes ríos de la península ibérica debían convertirse en navegables, incluso más allá de los tramos que entonces servían para ello. Veía principalmente al Ebro, al Duero, al Tajo, al Guadalquivir, convertidos en líneas de transporte que se adentraban en el corazón de la tierra española para facilitar un movimiento de gentes y mercancías que la orografía hacía lento y caro, además de servirse de una red de canales secundarios que harían enriquecerse las comarcas que atravesaban. Entre todos ellos, el Tajo estaba llamado a cumplir una función importantísima, la de enlazar la capital del imperio con el mar, comunicarla fácilmente con Europa y hacerla apta para compartir con Sevilla el tráfico de Indias.

Incluso vista con ojos contemporáneos, la idea de Antonelli era de difícil ejecución, piensa. Su propio proyecto es muchísimo más modesto: utilizar alguno de los valles de las sierras madrileñas para implantar un parque etnográfico en que se conserven, en forma de museo pero también en pleno funcionamiento, todos los instrumentos y formas de trabajo relacionados con el mundo agrícola y anteriores al maquinismo industrial. También aquí el agua será decisiva para mover molinos, almazaras, martillos pilones de herrerías, telares, y para asegurar el regadío mediante los procedimientos antiguos. Su sueño es hacer revivir los modos de relación con el medio rural que desaparecieron a mediados del siglo XX, muchos de ellos de origen prerromano, para conservarlos y darlos a conocer a las nuevas generaciones. Y hacerlo precisamente en el entorno de Madrid, cuya vieja condición capitalina la ha mantenido tradicionalmente alejada de los oficios y sabidurías campesinas. Un proyecto inverso en sus objetivos al de Antonelli, pues aquél miraba al futuro y el suyo mira al pasado, pero compuesto también de sueños de hacer más grande y famosa la ciudad y la región que ambos habían acabado haciendo suyas.

Antonelli fue muy reservado en lo referente a sus tratos y conversaciones con el monarca, pero ello no impidió que la noticia se difundiese y que despertase el escándalo y la hilaridad de ciertos cortesanos, que comenzaron a tildarla de quimera y desvarío, y a él a motejarlo de *loco romano*. Se sabe que el ingeniero Antonelli sufrió momentos de aflicción ante los comentarios que lo ridiculizaban, pero no era hombre que se arredrase. Tampoco le gustaba hablar por hablar. Había hecho construir una pequeña embarcación de quilla plana y con ella había recorrido el Tajo aguas arriba, desde Lisboa hasta Aranjuez, verificando su calado y el ancho de su cauce. Había estudiado el volumen de la corriente del Manzanares y del Jarama, con sus variaciones estacionales, y calculaba que, convenientemente repartida entre ambos cauces mediante canalizaciones y esclusas, sería suficiente para instalar en Madrid el puerto cabecera del río navegable.

También su propio proyecto ha despertado las reservas y hasta las burlas de algunos colegas, que lo tachan de anacrónico, de arcaizante. Sin embargo, él lo ha estudiado con todo detalle y sabe que es posible aprovechar viejas alquerías, molinos, lagares, bodegas, hornos de cal, sistemas de irrigación y otras antiguas instalaciones y edificios para llevar a cabo lo que, precisamente en una época sobrecargada de espectáculos virtuales y efectos especiales con tecnologías de última hora, podría ser tan insólito como atractivo. El proyecto incluye un programa de labores y cosechas adecuado al ritmo de las estaciones y el museo tiene vocación de acoger, desde una perspectiva de antropología comparada, los infinitos aperos, herramientas y objetos artesanos que han estado al servicio de las tecnologías tradicionales desde la noche de los tiempos.

Por fin, el ingeniero Antonelli, a pesar de innumerables informes escépticos de consejos y consejillos, había conseguido interesar a Felipe II en su idea. En 1584, toda la familia real había navegado en las embarcaciones de su invención entre Vaciamadrid y Aranjuez, y el rey, concluido ya El Escorial y aunque estaba exhausta la hacienda del reino de Castilla, parecía decidido a acometer aquellas obras que comunicarían la capital de su imperio con el Atlántico. Lo único que podía retrasarlas o impedirlas era la pugna con Inglaterra y la presión de los más belicosos entre sus allegados, que proponían que se reuniese una flota gigantesca, nunca antes vista, invencible, para llevar a Inglaterra un ejército capaz de invadirla. Si la formación y composición de tal flota y ejército se llevaban a cabo, no quedaría un solo maravedí para acometer otras empresas.

Mas el rey, no en vano recordado como El Prudente, optó por olvidar aquella invasión de tan azarosos resultados y se conformó, como se sabe, con dar mayor fortaleza a la flota defensiva de los puntos del litoral ibérico menos protegidos. Así, las obras que deberían hacer navegable el río Tajo desde Madrid hasta Lisboa se pusieron en marcha, con gran solemnidad, el 10 de agosto de 1587, un año antes de la muerte de Juan Bautista Antonelli.

Las burlas cortesanas tuvieron que ir acallándose mientras se acometía la excavación del canal de San Lorenzo, entre el Castillo de Viñuelas y El Pardo, que debía llevar agua del Jarama al Manzanares, se canalizaba éste, se construían las enormes esclusas de Aranjuez y las del Manzanares y Jarama, a la altura de Vaciamadrid, se drenaba y ampliaba el cauce del Tajo en aquellos puntos en que era necesario, y se ampliaban los puentes del Arzobispo y Alcántara. A la muerte de Juan Bautista Antonelli continuó dirigiendo los trabajos su hijo Bautista. El conjunto de las obras quedó finalizado en menos de treinta años, y en la primera embarcación que recorrió la flamante vía fluvial, un día de primavera de 1615, iba una selecta representación de la Corte, presidida por el Duque de Lerma y el heredero de la corona, que era todavía un niño.

Claro que Juan Bautista Antonelli se merecía una estatua, pues al fin sus aflicciones tuvieron un fruto mucho más rico del que nadie hubiera podido imaginar. El enlace de Madrid con Lisboa, entre otros beneficios, convirtió a la capital portuguesa en el puerto más importante de Europa, desarrolló junto al cauce del río un tejido urbano de enorme pujanza, con ciudades tan ricas como Santarem, Abrantes, Vila Velha de Ródão, Alcántara, Talavera, Toledo y Aranjuez, y fue uno de los motores de la prosperidad de todos los pueblos de la península, reunidos desde finales del siglo XIX en la República Federal Ibérica, aunque en los últimos tiempos muchos vascos, que no aceptan sus raíces iberas, estén empeñados en recuperar el nombre de Española que tuvo la Federación en los postreros años de la monarquía.

Tiene de repente un escalofrío, porque aunque el otoño está siendo benigno, según acostumbra en Madrid, ya se ha puesto el sol. La plaza ha quedado vacía de niños y paseantes, a lo lejos aparecen las luces de una embarcación, y se levanta para acercarse a los muelles. Su proyecto puede parecer arcaico y disparatado, pero él está seguro de que es único en el mundo, y con mucho sentido histórico y cultural. Además, su ejecución aseguraría el trabajo central de su estudio de arquitecto durante varios años.

La comisión que lleva reunida tanto tiempo es la que debe proponer que el proyecto se acepte, tras las reuniones e informes de muchos otros órganos sucesivos. A lo largo de más de tres años ha podido conocer bien lo que es la impaciencia del soñador, ese debatirse entre la fe íntima en la bondad de una idea y la incomprensión, el menosprecio y hasta la burla de los interlocutores. De ello tuvo experiencia Juan Bautista Antonelli hasta ver cómo su sueño empezaba a hacerse realidad. Pero él, con un sueño menos ambicioso, todavía está en el arduo camino de intentar ser comprendido.

Cuando llega al muelle, los viajeros están abandonando el *overcraft* con ese aire de sueño y confusión que remata todas las travesías. Río abajo se desliza una larga barcaza cargada de bocoyes que arrastra también varias armadías señaladas con luces anaranjadas. Desde la cubierta, un perro ladra a la gente del muelle. No se atreve a llamar a Almudena, aunque le parece que a estas horas la reunión tiene que haber terminado, y mientras regresa hasta la plaza de las ermitas suena el teléfono. Es ella.

«No te he llamado antes porque han terminado ahora mismo.» Él no es capaz de encontrar en aquellas palabras ningún signo favorable o adverso. «¿Qué ha pasado?», pregunta. «Lo siento, pero no han decidido nada todavía.» «¿No han decidido nada?» «Bueno, han nombrado una subcomisión que redactará el último informe económico. Pero parece que el asunto les gusta, no hay que desanimarse. Voy hacia el estudio, allí nos vemos.»

Otra vez en la plaza solitaria, contempla la estrafalaria estatua que le han dedicado al antiguo ingeniero y arquitecto, que parece sujetar el compás como un zahorí su horquilla. Siente una mezcla de decepción y alivio. La batalla no está perdida, aunque todavía le corresponda vivir muchas horas esa impaciencia ardorosa de luchar por los sueños. «Deséame suerte, Antonelli», murmura.

Maniobras nocturnas

—Un cacharro enorme, de hierro, que debía de pesar casi treinta kilos, con el cuadro y los guardabarros pintados y repintados de color caqui. No es lo mismo imaginarse lo que puede ser el servicio militar en un regimiento ciclista que encontrarse nada más llegar con la bicicleta que te corresponde, después de guardar la ropa de paisano en la maleta, ponerte ese mono que te oprime con su apresto y sus costuras todo el cuerpo, calarte la gorrilla cuartelera, con una borla colgante que te hace cosquillas en la base de la nariz. Claro que yo sabía montar en bicicleta, la bici había sido para mí, casi desde la niñez, una máquina familiar, pero aquello que tuvimos que recoger el primer día, uno detrás de otro, mientras un sargento anotaba el número de la que se nos asignaba, era como el antepasado, ahora dirían la madre, de todas las bicicletas que yo había conocido. Tenía las ruedas de caucho macizo y no llevaba frenos. Claro que tampoco los necesitaba, porque funcionaba a piñón fijo. Con añadir que el sillín era también de hierro, está dicho todo.

De vuelta de vacaciones, las tres hijas se habían reunido con el padre aquel domingo de agosto. Era la sobremesa y le escuchaban entre furtivas miradas de mutuo entendimiento, sorprendidas de su propósito de recordar historias tan viejas y pintorescas. En su actitud había también conmiseración, pues aquel gusto del padre por recuperar ciertos recuerdos antiguos se había hecho insistente tras la muerte de la madre, unos meses antes, y había en él una especie de ansiosa voluntad melancólica de arañar en el tiempo perdido. Con las hijas estaban el marido de la mayor y el compañero, o novio, como le llamaba el padre, de la menor. Eran los últimos días del mes y soplaba un viento seco, tórrido, que hacía bambolearse el toldo de la terraza y vibrar las persianas, bajadas para oscurecer y refrescar la casa, en un castañeteo que era otra de las molestias de la seca inclemencia del día.

El marido de la hija mayor había estado ponderando las virtudes de una bicicleta que acababa de comprarse, el escaso peso, la sorprendente maniobrabilidad, la precisión en el cambio de marchas, la comodidad del sillín, como si más que describir el objeto quisiese hacer prosélitos en su voluntad de corredor festivo por las carreteras de la comarca. Y fue entonces cuando el padre se puso a evocar el tiempo de su servicio militar, casi cincuenta años antes. Empezó pronunciando el nombre de la ciudad como quien acota un capítulo. Luego aclaró que había decidido hacer la mili en aquel lugar, y que le hubiera dado igual el regimiento ciclista que cualquier otro destino, porque lo que él quería era estar lo más cerca posible de Visi, y al pronunciar el nombre de la madre fue notorio el temblor de su voz. Unos veinticinco kilómetros separan la ciudad donde estaba el cuartel del regimiento ciclista y el pueblo en que la madre residía durante el verano en aquellos tiempos, y ambos podrían encontrarse con rapidez y facilidad los días en que a él le diesen permiso para salir.

—Nos ordenaron que no montásemos, que la llevásemos del manillar con la mano izquierda, porque teníamos que recoger el mosquetón. Formamos otra columna y nos fuimos acercando a unos barriles. Allí, como pescados en conserva, se guardaban los fusiles sumergidos en grasa, con la boca de fuego hacia arriba. Otro sargento nos indicaba que había que agarrar el fusil por el extremo del cañón y tirar de él para sacarlo de la grasa, y luego alejarnos para quedar reunidos en la explanada, delante de una tribuna que debía de servir para la presidencia de los desfiles, con la bicicleta sujeta de una mano y aquella arma pesada y pringosa colgando de la otra. Luego repartieron entre nosotros grandes manojos de borra porque íbamos a dedicar el resto de la mañana a una primera limpieza del mosquetón y de la bicicleta. Pero todavía estábamos allí pasmados, inmovilizados por lo que iban a ser nuestras armas y nuestros vehículos, cuando apareció el coronel Tarazona, subió a la tribuna con firmes pisotones y nos habló. No tenía la voz grave, pero compensaba el tono endeble con ademanes enérgicos. Nos dio la bienvenida, prometió hacer de nosotros unos soldados extraordinarios, y nos aseguró que la bicicleta era un instrumento vital para el ejército, como lo había demostrado en la Primera Guerra Mundial. Aludió a la batalla del Marne como si todos hubiéramos estado allí, y dijo que la moda motorizada que se había impuesto en la Segunda Guerra Mundial, terminada una década antes, no era sino una especie de episodio circunstancial. «El petróleo acabará por agotarse, pero las guerras no terminarán nunca

—vaticinó—. Debéis estar seguros de que la bicicleta se hará al fin imprescindible en todos los ejércitos modernos del mundo».

—Buen olfato el de aquel coronel.

—Para qué voy a contaros lo que fueron los primeros días de vida cuartelera, con la carga del mosquetón y de la bicicleta. El que no sabía montar aprendía a la fuerza, porque lo hacían subir en la bici y lo echaban a rodar cuesta abajo por un terraplén. Así que, aunque con mucha torpeza, pronto empezamos a movernos individualmente y en grupo. Pero fue en esos días cuando sucedió lo que nos iba a dejar sin el permiso para salir que se daba tradicionalmente con motivo de la jura de la bandera, algo por lo que suspirábamos casi antes de haber llegado al cuartel. Una catástrofe.

—¿Tan grave fue la cosa?

—Desde nuestra llegada, los veteranos, en el comedor, se burlaban de nosotros a voces. Enseguida el escarnio general se unificó en una sola palabra, «novatos», gritada con furia. Más allá de la burla contra nosotros, la palabra parecía expresar una desesperación grotesca. Aquello tenía aire teatral, y hasta operístico, pues se producía después de un silencio solemne. Primero, el toque de corneta nos ponía a todos firmes delante de las mesas, cada uno en nuestro sitio, y sonaba a lo lejos la voz gangosa del cura bendiciendo los alimentos que íbamos a recibir. Luego, la corneta emitía una sola nota breve y aguda, para indicar que quedábamos liberados de la formalidad y podíamos sentarnos y hablar, y en ese momento el alarido unánime, en que enseguida participamos también los novatos con regocijo, se alzaba al cielo con estruendo, como salido de un único pecho: «¡Novatos!». La segunda vez que emitimos el grito, la corneta volvió a llamarnos a la posición de firmes, y el capitán que estaba de servicio, con la voz alterada por la cólera, nos advirtió de que aquel comportamiento quedaba rigurosamente prohibido, pero al sonar luego el breve cornetazo liberador, se repitió el violento grito, un rugido lanzado con rara compenetración: «¡Novatos!», al que sucedía una carcajada también general. Aquello ocurrió durante varios almuerzos más. Creo que nadie pensaba que podía tomarse como un juego no inocente, pero nuestros oficiales se mostraban indignados, como si el grito atentase contra el meollo mismo de su autoridad, contra el honor del ejército, qué sé yo. Así, varios almuerzos después, creo que fue el quinto o el sexto día, cuando formamos para la retreta, supimos de boca de nuestros mandos que, como consecuencia de la actitud de indisciplina colectiva en el comedor, el coronel había resuelto que no se concediesen permisos de ninguna clase, ni siquiera en la jura de la bandera. La noticia acabó con los famosos gritos y nos dejó a todos muy mohínos. Lo que más me dolía a mí era saber que no podría ver a Visi. Además, no había tenido ninguna noticia suya, a pesar de sus promesas de escribirme todos los días.

—Yo había creído que no erais todavía novios cuando tú hiciste el servicio militar —dijo entonces la hija mayor.

—Mamá decía que te conoció por entonces, y que empezasteis a veros, pero que os hicisteis novios cuando terminaste la carrera —añadió la mediana.

—Que ella fue a ver la jura de la bandera porque una prima suya tenía un novio haciendo la mili. Ella pasaba los veranos en casa de aquella prima, la que luego vivió tantos años en París —dijo la menor.

El padre permaneció unos instantes caviloso. El viento hizo temblar fuertemente las persianas otra vez y el padre asumía los comentarios de sus hijas y escrutaba con rapidez los espacios que estaba evocando, para descubrir con asombro que la aparente solidez con que se habían presentado ante él aquellos tiempos, cuando el yerno habló de la bicicleta recién adquirida, empezaban a perder densidad, y que surgían aspectos que su memoria no había desvelado. Claro que no fue Visi, comprendió, claro que no. Claro que no fue Visi. Pero no lo dijo.

—Vaya, no éramos novios pero nos conocíamos.

—¿Os conocíais?

—Nos habíamos conocido antes, por medio de un amigo, de un compañero mío. Digamos que no éramos novios, pero que nos caíamos bien.

—¡Si tanto la echabas de menos, claro que debíais de caeros bien! —exclamó la hija menor, con una risa.

Claro que no era Visi. Era Charo, su prima, recordó él claramente, y la evocación repentina de sus fuertes resoplidos mientras la besaba le devolvió, bien perceptible, un sentimiento intenso de concupiscencia juvenil.

—Vamos, que no erais novios, pero como si lo fueseis —dijo la hija menor—. ¡Mira que prometerte una carta diaria!

—No sabéis lo que eran las relaciones entre chicos y chicas en aquellos tiempos —repuso él, con gravedad—. No podéis ni siquiera imaginároslo.

—¿Poca fluidez? —preguntó el yerno.

La prima de Visi, Charo. Aparecieron las dos con nitidez en su memoria, y no le agradó recordar que, cuando él conoció a Visi, ella era novia de un compañero llamado Isidoro Noval, un muchacho tan pulcro, atildado y circunspecto que en clase había quien le llamaba Inodoro. Pero él se había hecho muy amigo de Isidoro, asistían juntos a conciertos y conferencias, y conocía su relación, principalmente epistolar, con una muchacha de ojos alegres en las fotos, de nombre Visi.

Uno va abriendo las compuertas perdidas en la memoria, las que tienen los goznes más oxidados, y los recuerdos salen poco a poco, como bestias recelosas de una manada antes inadvertida. Volvió a ver claramente a Isidoro Noval, recién llegados los dos a la ciudad después de las vacaciones estivales, contándole que su novia Visi pasaría allí una temporada, de acompañante de una prima y de una tía a la que iban a operar de algo serio. Isidoro tendría facilidad para salir con Visi si a la pareja se unían la prima Charo y él mismo. Además, podían pasarlo bien los cuatro juntos, irían a pasear, al cine, a bailar. Entre el rebaño de la memoria pudo divisar entonces a Charo claramente. Una chica fuerte, de su misma estatura, de manos grandes, cabello negro y piel sonrosada.

Salieron juntos los cuatro, fueron al cine algunas veces, y también a bailar. La convalecencia de la operada se alargaba. En el trance del baile, que entonces se denunciaba por la Iglesia como muy favorecedor de tentaciones carnales, él descubrió, a través de los apretones de manos y del rozamiento de los cuerpos, que la tal Charo, al contrario que la mayoría de las muchachas con que a veces bailaba, no mantenía ni la tensión muscular ni la distancia que aconsejaba la estricta castidad y le dejaba acercar el cuerpo, y que en aquella cercanía respiraba con agitación y apretaba mucho los labios, como si en el simple abrazo de la danza encontrase un estímulo para sus sentidos. Incluso a los ojos de un joven poco experto en el trato con las mujeres, como él era, aquellas muestras de entrega no podían dejar de ser advertidas, y en la siguiente ocasión, cuando las dos parejas fueron juntas al cine, inició con su mano derecha unas discretas caricias en el brazo de ella, y pudo corroborar que Charo no se oponía a sus avances táctiles.

—¿Poca fluidez? Rigurosa separación de sexos, sacrosanta defensa de la virginidad prematrimonial, férreo control de cualquier escarceo erótico por parte de las autoridades civiles y religiosas —repuso.

Todos se echaron a reír.

—El caso es que iba llegando el día de la jura y el coronel no rectificaba. Ya no sólo no gritábamos en el comedor, sino que hablábamos todo el día entre susurros, como ofreciendo el sacrificio de un enmudecimiento voluntario, una sordina que fuese capaz de propiciar el perdón de aquel castigo brutal que había aniquilado nuestras esperanzas de tener algo de libertad tras tantos días de automática obediencia a los cornetazos y a las órdenes gritadas, y tantas horas de instrucción, a menudo sobre aquellas bicicletas que parecían resistirse al pedaleo, siempre con el mosquetón como un apéndice forzoso, anquilosado, de nuestros brazos. Pero después de más de un mes, el coronel seguía sin autorizar los permisos. Ni siquiera se consentían los paseos vespertinos fuera del acuartelamiento.

—¿Os dio permiso, al fin?

—Vinieron muchos familiares a presenciar la jura, y el castigo del coronel gravitaba sobre la ceremonia como una nube oscura. Yo creo que entorpecía nuestros pasos y hasta hacía más inseguras nuestras evoluciones. Para qué contaros: el desfile en bici, con el mosquetón en bandolera, la misa, el desfile a pie, el beso a la bandera. Lo peor era el viento. A eso de las diez se había levantado un viento caliente, que cubrió de calina el horizonte y nos envolvía a nosotros en nubes de polvo. El coronel Tarazona había ordenado plantar un mástil gigantesco, para que en él ondease la bandera, pero el viento llegó a tener ráfagas muy violentas, y hacía moverse el mástil entre crujidos que se unían al flamear de las banderas y al aleteo de las ropas sacerdotales, como otro augurio funesto. Y claro que no hubo permiso. Menos mal que, cuando terminó todo y rompimos filas, pude estar con Visi, que había venido a verme.

—¡Qué romántico! —dijo la hija menor.

Pero la imagen de Visi se había alterado en el recuerdo del padre, como si la de Charo, hecha cada vez más firme, superpusiese sus facciones a las de ella, con la melena sacudida por el viento seco de aquel día. Nada de romántico. Visi le había buscado entre los compañeros, bajo el fuerte sol de agosto. Él le había preguntado por Charo y ella, sin decir nada, le había alargado un sobre cerrado. A él le pareció encontrar en los ojos de Visi una severidad acechante que, a lo largo de todo el tiempo posterior, incluso en aquel mismo instante en que se había visto obligado a evocarla, no pudo descifrar para saber si escondía una certeza y una desaprobación, o si era el gesto de unos ojos que se intentaban proteger de la polvareda y del deslumbramiento de la hora.

Era el rostro de Visi, pero carcomido por una falta de concreción que el tiempo parecía haber metamorfoseado en el rostro de Charo. Recordó con exactitud el mensaje que el sobre contenía, y casi sintió otra vez la embestida de aquella inesperada angustia voluminosa, atroz, que suscitaron las pocas palabras caligrafiadas sin cuidado: *He intentado llamarte por teléfono pero no hay forma. No me baja, tienes que saberlo, no me baja. Estoy muy mal, muy mal, desesperada. Ven a verme, ven de una vez, ven ya.*

Mientras Charo estuvo en la capital, durante aquellos primeros días del curso, ambos acabaron encontrando los momentos y los escondites que favorecían sus besos atrevidos y unas caricias que habían cruzado las fronteras del pudor, pero ni los lugares que buscaban les permitían mayores intimidades, ni ellos se atrevieron a llegar todo lo lejos que les hubiera gustado, frenados por el miedo a lo que se consideraba una caída fatal, una falta irreparable, sobre todo para una muchacha decente. Pero cuando Charo regresó a su casa, el deseo que sentían el uno por el otro les hizo sufrir mucho la desgarradura de su separación.

Pocos días después, Charo le había escrito para pedirle que fuese a visitarla al sitio donde vivía. En su carta, en un envite audaz, ella le decía que iba a presentarlo en casa como novio formal más o menos en ciernes. A él le asustó aquella advertencia, porque temía enredarse demasiado en un compromiso, pero añoraba tanto las caricias recíprocas de aquellos días que no pudo resistirse, y cuando se acercaban las vacaciones de Navidad, antes de ir a su propia casa, se acercó a la villa en que Charo vivía.

El disfrute renovado de las caricias y los besos clandestinos le haría solicitar la ciudad que tan cercana estaba a la posibilidad de aquellos placeres, a principios del nuevo año, cuando presentó los papeles para el servicio militar. Y fue a visitarla otra vez durante la Semana Santa, mientras la gente parecía absorta en el trasiego de cirios, procesiones y visitas sacramentales.

No habían llegado todavía a cumplir el encuentro completo de sus cuerpos, pero había entre ellos una confianza y una pericia de antiguos amantes. Él era bien consciente de lo peligroso de su relación. Quiso saber qué opinaba el confesor de Charo de aquel noviazgo, pero ella le contestó que había decidido no contarle nada. Luego él pudo comprobar que aquello no le impedía comulgar en la misa, y sintió la terrible congoja de estar viviendo en el corazón mismo de lo que las ominosas advertencias eclesiásticas denominaban pecado mortal.

En los primeros días de mayo, cuando apenas faltaba un mes para que él se incorporase al regimiento, el tren y el coche de línea lo condujeron de nuevo a la antigua villa en que Charo vivía. También faltaba un mes para que Visi llegase a pasar las vacaciones veraniegas. Volvió a visitar aquella casa muy ceremonioso, y a mostrar sus buenos modales ante la madre de Charo y la hermana menor. El padre había muerto en Rusia, voluntario de la División Azul, pero su capote y su gorra de plato, en el perchero de la entrada, parecían asegurar una ausencia transitoria.

El domingo, después del almuerzo, las hermanas prepararon una excursión a la ermita de la virgen patrona de la comarca. Charo conducía el tílburi, y entre ella y él se sentaba la hermana pequeña, que debía acompañarlos, pero que dejó el carruaje cuando iban a salir de la villa, cumpliendo sin duda un pacto cómplice.

Tras el ascenso a la colina, mientras la caballería ramoneaba cerca de las tapias, buscaron un escondite. La hierba estaba alta, y el pequeño valle ofrecía la quietud de la siesta. No había nadie en el paraje y se abrazaron con ansia, para recuperar los besos que tanto añoraban en sus separaciones. La soledad del lugar, lo cálido de la tarde, los llevaron a un embeleso sin cautelas. Al fin, acostados en la manta del carruaje, una determinación exigente y sin temores ni timideces les hizo alcanzar el encuentro profundo de los cuerpos, tantas veces evitado antes. Luego Charo se echó a llorar y él no sabía cómo consolarla, empavorecido por lo grave del hecho. Le pareció que la luz de la tarde, que antes tenía un reverbero de placidez, había alcanzado un tono de languidez desolada.

—Decidí que, si no había permiso, me escaparía. El asunto del permiso se había convertido en lo más importante para todos, como si nuestro futuro, la mínima serenidad de nuestros espíritus, dependiese de ello, como si ya no pudiésemos pensar en otro resquicio de salida hacia la más modesta de las felicidades. Y, sin embargo, el coronel Tarazona no soltaba prenda. Supimos que el siguiente viernes habría unas maniobras nocturnas, en un monte al que a veces íbamos a disparar. Nos dijeron que nuestros desplazamientos, la ocupación de los caminos y del monte, irían acompañados de una sesión de fuego real, disparos de verdad de la artillería de la ciudad desde sus baterías. Se afirmaba que nos darían permiso el sábado y el domingo. Todos lo aseguraban, porque todos querían creer que sucedería así. Pero yo, por si acaso, decidí escaparme aquella noche. Ir a verla.

—¡Y eso que no erais todavía novios!

—¿He dicho que había unos veinte kilómetros, más o menos? Total, en dos horas, a más tardar, estaría allí, y en otras dos horas, de vuelta. Imaginaba que las maniobras iban a llevar bastante confusión, mucho lío, y que uno podía perderse fácilmente, lo que llamábamos escaquearse.

—Me imagino a papá en esa situación, con lo legal que es. Que estabas loco por ella, vamos.

—Necesitaba un plano de carreteras, y al fin lo encontré. El furriel de la compañía lo tenía, y hasta una brújula, y el mismo viernes logré escamotearle las cosas con bastante facilidad.

—Además, seguro que tú estabas dispuesto a todo.

—Claro que estaba dispuesto a todo. Y lo sentía dentro de mí con toda seguridad, convencido de que lo iba a hacer y de que nadie podría impedírmelo.

Parecía que estaba recordando solamente una desazón de enamorado, y tal como sus hijas conocían la relación entre los padres, aquel amor que creían descubrir por primera vez, anterior al noviazgo, las enternecía doblemente. Pero en las evocaciones de él no sólo habían aflorado sus planes para la escapada de aquella noche, sino todo el desasosiego de cada jornada. Había destruido la breve carta de Charo, pero su mensaje ardía dolorosamente dentro de él. El porvenir se le presentaba de súbito sin salidas que no llevasen a la vergüenza y a la desdicha. Imaginó lo que sucedería en su propia casa, el disgusto de sus padres, todas las obligaciones que acarrearía el asunto: una boda repentina que sería la comidilla y la irrisión de unos y de otros, la urgencia de encontrar un trabajo para dar cobijo y alimento a aquella familia pecaminosamente sobrevenida. Acaso ya nunca terminaría la carrera. Apenas dormía, y el lento paso de la noche rajaba su imaginación como un instrumento de tortura. Sin embargo, de día estaba ausente, medio dormido, y merecía a menudo las amonestaciones de los mandos. Incapaz de pensar en otra cosa, era como si empezase a cumplir las primeras jornadas de un castigo de cadena perpetua.

—Aquella noche me preparé bien. Puse en el macuto ropa de paisano y, cuando mi compañía salió hacia la carretera del monte, me uní al pelotón esperando encontrar una curva en que la carretera cruzaba un pequeño puente. Me detuve allí, simulando que la cadena de mi bici se había salido, lo que era bastante habitual en aquellos cacharros, y mientras mi compañía se alejaba me salí de la carretera, me metí bajo el puente, me cambié de ropa, escondí el macuto y el mosquetón, y esperé a que acabase de pasar todo el mundo. El coronel fue el último. Aquel propagandista fervoroso de la bicicleta montaba siempre a caballo, mostrando una de esas incongruencias que solamente puede permitirse la gente que tiene poder. Pero no os voy a contar cómo fue mi viaje de aquella noche. Pedaleaba, pedaleaba, pedaleaba sin cesar. Unas hojas de periódico arrebujadas en el sillín amortiguaban un poco su implacable rigidez. En algunas ocasiones tuve que bajar de la bicicleta y empujarla para coronar las cuestas. Llevaba una linterna, pero no la necesité, porque la noche era muy clara. Clara y perfumada, pero yo no podía disfrutar de ella. Sin embargo, lo que son los sentidos, aquel aroma a bosque seco, a matorrales veraniegos, con el frescor que había sustituido al calor del día, se filtró por debajo de mi desasosiego y de mis esfuerzos y ha quedado en mi memoria como una especie de tesoro desaprovechado. A lo que voy. Pedaleaba, pedaleaba, pedaleaba. Sin parar. Y dos horas después, más o menos, tal como había calculado, llegué al pueblo. Estaba muy cansado.

Había en él mucho cansancio físico, pero sobre todo una fatiga moral, la idea de que encontrarse con Charo sería avanzar un paso más en el camino tenebroso a que lo había llevado su falta de continencia. El pueblo estaba dormido y ni siquiera se oía ladrar a un perro. Buscó la casa de Charo, y cuando estuvo ante ella dejó la bicicleta apoyada en el muro y recogió del suelo algunos guijarros para llamar la atención de la muchacha lanzándolos contra su ventana, que estaba en una esquina, casi sobre la huerta. Sus esfuerzos no servían de nada, y empezó a llamarla por su nombre en voz baja, Charo, Charo, sin recibir tampoco ninguna respuesta. Con su caserío dormido y oscuro, el pueblo tenía aire de escenografía mortuoria. Al cabo, alguien respondió con un susurro en lo alto, y a la luz del foco de la linterna él pudo descubrir el rostro de Visi, sus grandes ojos brillantes como dos tizones súbitos.

Charo bajó al fin y le abrazó con fuerza, pero en su gesto, en vez de encontrar un tacto angustioso, él reconoció una evidente hospitalidad. Charo lo besaba con avidez, y su nariz exhalaba los conocidos resoplidos del deseo. «Ya me vino —murmuró al fin—, no ha pasado nada, ha sido sólo un susto». Continuaba besándole con glotonería, pero él se separó. «Tengo que volver», dijo, comprendiendo que Charo iba a quedar fuera de su vida para siempre. «Me he escapado. Estamos de maniobras», añadió, para justificarse. «¿No te puedes quedar ni un ratito?, ¿ni siquiera media hora?» «No, de verdad. Vine sólo a saber cómo estabas.» «¡Si supieras lo contenta que estoy! ¡Si supieras el miedo que he pasado!»

Él recogió la bici y, antes de montar, iluminó con la linterna la ventana en que permanecía Visi mirándoles, y de nuevo los ojos de la muchacha relumbraron como dos pequeños chispazos.

—¿La viste y regresaste enseguida?

—Naturalmente. Me esperaban otras dos horas de camino y no quería llegar cuando todo el mundo hubiese regresado al cuartel.

—¡Qué historia tan romántica!

—¿Y cómo fue el regreso? ¿No tuviste problemas?

—Pues otra vez pedalear, y pedalear. Y tenía que bajarme de la bici para poder subir las cuestas. Cuando estaba cerca empecé a escuchar los cañonazos, y os prometo que me alegré de llegar a tiempo. Otra media hora, por lo menos. Volví a cambiarme de ropa, recogí el mosquetón y me dispuse a buscar a mi compañía. Los cañonazos, que habían parado, volvieron a escucharse y luego cesaron otra vez. Yo sabía que mi compañía tenía que estar al lado de las ruinas del molino, en un sitio al que habíamos ido ya en un par de ocasiones, y me dirigí hacia allí, pero cuando estaba muy cerca del lugar empezaron a sonar explosiones alrededor, y los fogonazos eran tan enormes que me deslumbraron. Me quedé quieto, pensando que me había equivocado de rumbo, porque la artillería disparaba siempre contra una zona muy alejada, el collado de Matacanes, pero tras una pausa comenzaron a sonar los silbidos de los proyectiles y a explotar junto a las ruinas, y hasta cerca del punto en que yo estaba, y sentí que un puñado de tierra me rociaba la nuca y se me colaba debajo del mono.

—¿Qué hiciste?

—¿Qué iba a hacer? Me bajé de la bici y me tiré al suelo. El bombardeo se detuvo, pero poco después comenzó de nuevo, y os juro que yo me encontraba en medio de aquel campo de tiro, y que la tierra me caía encima en enormes paletadas, y que el suelo retemblaba a mi alrededor como en el más terrible de los terremotos. Confundido, aterrorizado, yo comprendía que tenía que aprovechar la siguiente interrupción para intentar alejarme de allí. Me levanté, monté en la bici, y entonces escuché una voz a mis espaldas, entre unos arbustos, una voz de mando que me devolvió al automatismo de tantas jornadas. «¡Soldado!», repitió la voz. Me acerqué y, a la luz de una lámpara de petróleo, descubrí, agachado, al coronel Tarazona. A su lado, un ayudante daba vueltas con desesperación a la manivela de un teléfono de campaña, y otro soldado, sin duda el corneta, lloraba atenazado por lo que me pareció un ataque de nervios insuperable. «¡A la orden de usía, mi coronel!», dije yo, porque a los coroneles se les trataba de usía. «¿Nombre y compañía?», preguntó él, y se lo dije. Entonces me habló como si sus palabras estuviesen recogiendo su última voluntad. Tenía los ojos desorbitados y un resuello al hablar que parecía asmático. Yo debía regresar inmediatamente a la carretera y dirigirme al punto equis, que al parecer era un corral de tapias descascarilladas cercano al bosquecillo tras el segundo recodo, y buscar allí al capitán Estrugo para transmitirle la orden de retirada general, y que localizase por el medio que fuese a los artilleros de la ciudad para que detuviesen el fuego, porque sin duda se habían equivocado en los cálculos y estaban bombardeando nuestras posiciones, en vez de tirar contra el monte. «¡Por el medio que sea!», gritaba el coronel Tarazona. Aproveché la calma, monté en mi bici y pedaleé con todas mis fuerzas. Mientras me alejaba, las bombas volvían a caer en la zona del molino. Menos mal que no hubo más bajas que el caballo del coronel. Y yo me encontré con que se me citó en el parte, por el valor que había demostrado aquella noche. Y me dieron una semana de permiso.

—Que aprovechaste para estar con mamá.

El padre no contestó nada. Miraba al fondo, a la lejanía, más allá de la terraza. Lanzó un resoplido.

—¡Qué me vais a contar a mí de bicicletas! —exclamó.

La casa feliz

El doctor Zapater, que tenía como profesión la salud mental de la gente, se declaraba a menudo especialista en infortunio. Intentaba devolver a sus pacientes la felicidad, o al menos la serenidad, y aunque no era sencillo, había conseguido al menos identificar con bastante exactitud los grados de la desventura. La materia de su trabajo hacía que tampoco él se sintiese nunca del todo feliz. Sin embargo, aquella mañana, al levantarse, estaba lleno de euforia, pletórico de sensaciones gratificadoras, cuya causa no podía adivinar.

El doctor Zapater vivía en una pequeña colonia de casitas adosadas y chalets dispersos, en las afueras de la ciudad. Al salir aquel día camino de la clínica, advirtió que en el solar contiguo, vacío, que el paso de los años había convertido en un refugio de matorrales enmarañados, se alzaba una casa flamante, rodeada por un jardín muy cuidado.

La disposición jovial y optimista con que el doctor Zapater se había despertado no pudo anular la sorpresa ante aquella presencia que parecía infringir las leyes del tiempo y del espacio, porque en una sola noche era imposible que el solar cubierto de malas hierbas se hubiese convertido en aquel césped flanqueado de arriates floridos y, sobre todo, que se pudiese haber levantado aquel edificio, una casa de ladrillo con galerías a ambos lados de la puerta principal, tres ventanas adornadas de flores en el primer piso y un empinadísimo tejado a dos aguas, sujeto con vigas de madera, en el que sobresalía la chimenea sobre la estructura de los ventanales inclinados de la buhardilla.

Aquello era inverosímil, y aunque el doctor Zapater sabía de sobra que la realidad no necesita ser verosímil, que la realidad se produce, sin más, aunque parezca increíble, llamó a su mujer, que en aquel momento estaba en la cocina con los niños, y le mostró la absurda aparición. Su mujer, que también se había levantado aquel día llena de buen ánimo, contempló la casa y el jardín con admiración, pero en vez de escandalizarse por lo irrazonable de su presencia exclamó que era muy bonita.

—Pero ¿no te parece muy extraño? —preguntó el doctor, asombrado de la reacción de su mujer.

—Será prefabricada, y la habrán instalado esta noche. Ahora las cosas se hacen así. Además, sin meter ruido, sin despertarnos siquiera.

—¿Y el jardín? —preguntó el doctor Zapater, rompiendo a reír.

—También prefabricado. En estos tiempos, a mí ya no me sorprende nada de nada de lo que hagan para vender cualquier cosa.

Conforme se alejaba de la urbanización en su coche, el doctor Zapater sentía que su euforia se iba disipando, y cuando llegó a la clínica había recuperado el habitual escepticismo y el leve cansancio físico y moral de costumbre. Pero al regresar a su casa, volvió a sentirse lleno de estímulos optimistas.

No tardaría muchos días el doctor Zapater en sospechar que la sensación benéfica que experimentaba cada día en su hogar, y que sin duda compartía con su mujer, sus hijos y sus vecinos, estaba originada por la presencia de aquella casa brotada de repente en el solar vacío. La casa, que no estaba habitada por nadie, irradiaba felicidad como una hoguera calor, comprobó el doctor Zapater, que, como el resto de los habitantes de la colonia, había asumido aquella imposible irrupción del edificio como uno de los hechos consumados de la siempre indómita realidad.

Tampoco al municipio le escandalizó la aparición de un inmueble. Y, más que eso, el buen humor que su cercanía suscitaba hizo más diligentes a sus representantes a la hora de descubrir que aquel solar carecía de las imprescindibles estructuras de servicios, y la casa de la licencia de obras y de cuantos requisitos son precisos en una ciudad para construir un edificio. Ante la imposibilidad de encontrar a sus propietarios, el ayuntamiento resolvió precintar la propiedad, y los trámites administrativos continuaron su curso. Sin embargo, como el lugar era especialmente grato para el ánimo, la comunidad de vecinos puso unos bancos alrededor de la parcela, y todas las tardes venían a sentarse allí los ancianos de la colonia, y mantenían tertulias llenas de interjecciones y carcajadas como en los tiempos de su adolescencia.

Días después de la aparición de la casa, el doctor Zapater asistió a un congreso en el sur. En una de las charlas que ocupaban el tiempo del asueto, sentados frente al mar con una copa en la mano, hablando precisamente de cómo la realidad resultaba a veces más desconcertante que la ficción, uno de los colegas aludió a una casa que había desaparecido en su ciudad de la noche a la mañana, dejando vacío el solar sobre el que se asentaba.

—¿Cómo que desapareció? —preguntó el doctor Zapater, disimulando su emoción.

—Se desvaneció, como si hubiese volado —repuso el colega, alzando de repente ambas manos en el gesto de lanzar algo al aire.

El doctor Zapater quiso saber todo lo posible sobre el asunto, y el colega contó que aquella casa había sido el fruto del esfuerzo extraordinario de un matrimonio, conocidos suyos, profesora ella y empleado él, que durante muchos años habían soñado con vivir en una casa independiente, rodeada de un jardín.

—Tras largos ahorros y enredos de préstamos bancarios, y búsqueda de modelos, y darle vueltas y vueltas al proyecto, y marear al arquitecto, empezaron a construirla. Entonces la mujer se puso gravemente enferma. Un cáncer. Tuvo que sufrir un tratamiento largo y doloroso, que la dejó agotada, pero consiguió superar la enfermedad. La casa estaba recién construida en la convalecencia que siguió a las feroces curas. Los dos querían estrenarla cuanto antes, y a lo largo de dos semanas escasas trasladaron y arreglaron muebles, vistieron armarios, colgaron cuadros, llenaron las estanterías de libros y objetos, prepararon el jardín.

El narrador continuó contando que habían comenzado a vivir en la casa nueva un primero de junio, y que se los veía tan contentos, tan a gusto, era tan evidente su felicidad, que estaban en las conversaciones de todos cuantos les conocían.

—El décimo día de su estancia en la casa la mujer falleció, por la súbita rotura de una arteria que había quedado muy debilitada con el tratamiento. El marido quedó solo en la casa, pero su tristeza desgarradora empezó a ser amansada por la intuición de que la casa conservaba el entusiasmo que su mujer y él habían puesto en ella, primero soñándola, luego diseñándola y construyéndola, por fin amueblándola y empezando a habitarla con la intensidad del cumplimiento de lo que se ha deseado largamente. Evocaba a su mujer cortando y cosiendo telas para visillos y cortinas, restaurando muebles, perforando los orificios para las alcayatas de los cuadros, con la movilidad que parecía milagrosa para quien tenía tan cercanos los penosos días del hospital. Iba y venía cantando, y su placer se reflejaba en cada uno de sus gestos. «Esta casa está cargada de felicidad», les decía a los compañeros y amigos que iban a hacerle compañía. Y era cierto que todos cuantos visitaban la casa se sentían llenos de sentimientos optimistas y cálidos. Yo mismo tuve ocasión de comprobarlo. Fui a darle el pésame días después, porque estaba fuera cuando murió su mujer, y allí dentro me sentía alegre, empapado de bienestar, como si ni siquiera la muerte tuviese importancia. Pero a final del verano, el hombre murió también, de un infarto.

El doctor Zapater y el resto de los contertulios escuchaban con atención a aquel narrador que mantenía el mismo tono al hablar de los días alegres y de los fúnebres.

—Había unos herederos lejanos, que decidieron vender la casa con todo lo que contenía, y por ella comenzaron a desfilar los posibles compradores, citados por la agencia inmobiliaria que se ocupaba de la venta. Hasta que no hubo nada que vender, porque una mañana la casa se había esfumado.

—Pero ¿cómo que se había esfumado? —volvió a preguntar el doctor Zapater, como si no hubiese entendido la respuesta la primera vez.

—Que no estaba, que había desaparecido, como si alguien la hubiese robado. Parece un despropósito, pero donde había estado la casa quedaba sólo el solar pelado. El asunto despertó extrañeza y hasta salió un suelto en el periódico local, pero ahí acabó la cosa. Y es que la realidad, por absurda que sea, no necesita justificaciones.

Al regresar a su ciudad, el doctor Zapater tenía el propósito de adueñarse de aquella casa, venciendo todos los obstáculos, para trasladarse a ella con su familia. Aquella fuente de felicidad, aquel lugar que parecía haber decantado el gozo de vivir en un proceso de dolor y de pérdida, tenía que ser suya, costase lo que costase, pensaba. Pero los trámites administrativos habían llegado ya a su final, y se dispuso el embargo de los muebles y objetos y el derribo del inmueble. Y aunque el doctor Zapater y su mujer estaban dispuestos a afrontar todos los pleitos posibles, convencidos de que la casa acabaría perteneciéndoles, una tarde llegaron a la colonia el camión que, en la mañana del siguiente día, trasladaría el ajuar de la casa a las dependencias municipales, y las grandes máquinas que procederían luego a la demolición del edificio.

Las resoluciones administrativas no pudieron cumplirse. Al amanecer, la casa, con su jardín, había desaparecido, y el solar vacío mostraba la huella de su planta a la mirada de los atónitos espectadores. A partir de entonces, el doctor Zapater recordó el episodio sólo como una más de las incoherencias de la vida, y volvió a sentir de continuo la brumosa insatisfacción propia de la innumerable rutina humana.

El fumador que acecha

Todas las cosas se ajustaban con precisión a su memoria e iba sintiendo con regocijo la exactitud de ese acoplamiento. Primero fueron los grandes árboles dispersos frente a la facultad. Habían plantado muchos de ellos cuando él era estudiante y luego los había visto ir consiguiendo ese follaje espeso que, repentinamente amarillo, doraba cada año los inicios del curso, antes de desplomarse sobre los senderos y permitir vislumbrar las fachadas de los edificios al otro lado de la gran plaza. Luego fue el vestíbulo, los colores severos que brillaban en los barnices que los habían ido conservando a lo largo de los años, los materiales de aspecto marmóreo, los ángulos abruptos, el enorme reloj mostrando escuetamente un círculo de números y dos agujas triangulares, signos de una arquitectura que en sus tiempos pretendió ser avanzadísima y que le daba al vestíbulo el aire desolado de una estación de transportes por carretera.

Todo encontraba pacíficamente el molde justo en alguna parte de su memoria, y la larga enfermedad que lo tuvo durante tanto tiempo apartado de aquel lugar parecía difuminarse, como si no hubiera tenido otra solidez que la de los sueños, frente al seguro y palpable materializarse de una realidad que había conocido durante tantos años. Fueron luego los rostros de ciertos conserjes, y hasta los gestos con que se supo reconocido. Nada en ellos parecía haber cambiado, como si vistiesen el mismo uniforme azul de los días en que él había empezado a encontrar incomprensible el significado de las palabras, como si aquellas mismas cabelleras ralas y mejillas pálidas que ostentaban cuando él tuvo que abandonar la facultad, acosado por su delirio, siguieran inmutables gracias a la penumbra de los corredores y a esas tareas repetidas que parecen igualar todos los instantes en uno solo, sin conclusión ni destino. Y estaban los olores, sobre todo ese sutil de la cebolla frita con lentitud en la cocina del bar para aglutinar las tortillas que formarían el compacto núcleo de los innumerables bocadillos dispensados a lo largo de la mañana, pues aunque, como luego habría de comprobar, en una de las paredes del bar se había instalado una guarnición sólida de máquinas expendedoras de refrescos y dulces, no se había perdido aquel aroma que caracterizaba acaso todo el edificio con uno de sus signos inconfundibles.

De manera que todo seguía igual, nada sobresaltaba aquella restitución en que, ya en orden todas sus ideas, salvado de la larga enfermedad, el profesor Eduardo Souto, brillante lingüista, estimable poeta y ocasional crítico, regresaba al cobijo académico.

Estimulado en los tiempos de la convalecencia por algunos descubrimientos que le había mostrado el mundo de la informática, el profesor pensaba, con cierto regodeo, que dentro de él estaba produciéndose una especie de reconocimiento del disco de arranque y de las diferentes partes del disco duro, para comprobar si alguna había resultado dañada por los problemas que habían afectado a su salud y el largo tiempo de la separación, aquel bloqueo repentino, el incorrecto apagarse de su razón, y que su máquina de reflexionar verificaba que todo se mantenía cabalmente, repuestos en cada uno de los espacios que le correspondían los distintos elementos de la memoria, sobre todo aquellos en apariencia neutros, ajenos, que sin embargo eran tan importantes a la hora de asegurar el equilibrio de los más cercanos y personales.

Pero la pacífica verificación se alteró con violencia cuando el profesor Souto abrió la puerta del departamento. Antes de alcanzarla, aquel pasillo del tercer piso también había ido encajando los claroscuros de sus tramos, los vidrios traslúcidos de las puertas de los retretes, las cartelas a modo de banderitas rígidas que señalaban el número de las aulas, en los moldes en que su memoria los conservaba. Sin embargo, el profesor Souto había abierto la puerta del departamento, y la primera impresión destruyó aquel proceso armónico en que había ido recuperando el antiguo escenario de su vida académica. Sentados en torno a la gran superficie que formaban, unidas, varias mesas de trabajo, diversas personas llenaban aquel espacio con el humo de sus cigarrillos. Antes de identificar a los fumadores, el profesor Souto percibió la calidad de aquella nube espesa, dotada de una densidad aún mayor al exhalarse en un lugar casi hermético, impregnado por sucesivos niveles de intensa fumadura, un humo concentrado en un lugar en que los fumadores, gente joven, debían formar aplastante mayoría y donde, al parecer, a nadie se le había ocurrido restringir el consumo de tabaco.

Pero eso no había sido siempre así. En los tiempos previos a su enfermedad, en el departamento solamente fumaban, con Souto, un catedrático y otros dos profesores. Además, poco antes de que al profesor Souto le hubiera sobrevenido aquella rara amnesia conceptual que lo había separado de las aulas y hasta de sus hábitos domésticos, había conseguido dejar de fumar. Fumador con arraigo desde la adolescencia, Eduardo Souto había llegado a consumir cerca de los veinte cigarrillos diarios, y en las tardes de las jornadas festivas se regalaba además con un par de puritos.

Aquella afición, para él tan gustosa, que le aclaraba las percepciones intelectuales y ayudaba a la rapidez de su discurrir, había acabado ocasionándole una furiosa tos crónica, que se hacía acuciante en las primeras horas de la mañana —la tos mañanera de Souto, resonante en el patio de luces de su vivienda, era la señal que avisaba a los vecinos de que había que levantar a los niños para llevarlos al colegio— y un dolor de cabeza muy intenso, una fuerte neuralgia que parecía el apretón de una corona de espinas en torno a su cráneo. Y el médico había sido tajante sobre la necesidad de dejar de fumar: un caso de vida o muerte, había exclamado, con un aire nada dramático que incrementó el susto del profesor.

Había tardado muchos días en decidirse a seguir aquel dictamen, pues no volver a fumar más en la vida, renunciar a aquella costumbre que casi formaba parte del decurso inconsciente de su metabolismo, le parecía aceptar precisamente una parte de esa muerte contra la que se le advertía, o al menos asumir por anticipado una de esas separaciones angustiosas, irremediables, a las que la muerte nos condena. Contemplaba su venerable encendedor de gas, la pitillera de plata que había llegado a sus manos desde las de un antepasado oscuro, emigrante a Puerto Rico, los veía como compañeros entrañables, y al imaginar que debía renunciar a ellos para siempre, se sentía ahogado por la congoja. Pero sobre todo imaginaba la pérdida de la plenitud que enaltecía su alma al fumar el primer cigarrillo después del desayuno, la renuncia a aquella gratísima culminación que ponía en todo su cuerpo el humo del tabaco desde la primera inhalación, tras penetrar en sus bronquiolos a velocidad vertiginosa. Aquellas sensaciones ya no se volverían a repetir, pensaba, y acaso a la renuncia a aquel incomparable regocijo siguiesen una progresiva torpeza mental y la extinción de su acreditada lucidez.

A pesar de todo, el profesor Souto, ayudado principalmente por el propósito de que desapareciesen su tos asfixiante y la terrible neuralgia mañanera, había conseguido separarse de la adicción a fumar. Habían sido meses llenos de momentos angustiosos, y se encontraba a menudo en tensión frente a las numerosas tentaciones que lo acechaban, una euforia ante determinadas fiestas y conmemoraciones nunca sentida antes, que lo predisponía a suspender su renuncia por una sola vez y fumarse un cigarrillo, pero él consiguió ir manteniéndose firme en su resolución, y aunque era capaz de detectar la cercanía de un fumador invisible y hasta la clase de tabaco que estuviese consumiendo con un sencillo husmear, como los buenos perros cazadores ventean la presencia de la pieza, y muy a menudo soñaba que había vuelto a fumar, y creía sentir en sus pulmones la inigualable sensación que despierta la bocanada de humo, ese regusto que no se parece a ninguna otra cosa, había logrado mantenerse apartado del tabaco.

Dejó de toser, perdió aquellos dolores de cabeza matutinos que antes lo martirizaban, pero el buen estado de su salud había durado poco tiempo, pues su rara dolencia mental lo había atacado sólo unos meses más tarde, y a lo largo de todo el episodio de su extraña amnesia conceptual y del vagabundeo callejero que había adoptado como forma de vida en aquel tiempo de desvarío, no había vuelto a fumar, como si hubiese abandonado definitivamente la vieja pasión por el humo aromático.

Al abrir la puerta del departamento, el recuerdo de su antigua y profunda devoción había llegado hasta él, pero no con la placidez con que los demás recuerdos encontraban su sitio en la memoria, sino para golpearle con una intensa sensación de desagrado y para hacerle sentir algo más, un movimiento extraño dentro de sí, una especie de sobresalto físico, que a lo largo de la reunión con aquellos compañeros, la mayoría desconocidos, fue haciéndose cada vez más preciso, como si en algunas partes de su cuerpo, los brazos, las manos, la nariz, los músculos habituales estuviesen sufriendo una transformación hasta entonces nunca experimentada por él.

El caso es que el profesor Souto, tras abrazar a algunos y ser presentado a los demás, tomó asiento en un punto alrededor de la mesa e intentó acomodar su inicial repugnancia a aquel ambiente cargado por la espesa niebla que tantos pulmones exhalaban. A su derecha había una cajetilla con un encendedor colocado sobre ella. La mano derecha del profesor Souto sostenía un rotulador de punta muy fina, que son los que él prefiere a la hora de escribir. Escuchaba hablar a sus colegas y a veces tomaba alguna nota en su cuaderno, aunque los asuntos de la reunión, dedicada sobre todo a ajustar los últimos horarios del curso, no eran lo que llamaba su interés, sino las sensaciones que estaba probando, la percepción de unos músculos en su brazo que, más allá de su esfuerzo por sujetar el rotulador y anotar en el cuaderno las ideas provechosas, parecían decididos a soltar el rotulador y echar mano de uno de los cigarrillos del cercano paquete, de la misma manera que, por debajo de los tejidos olfativos de su nariz, tan ofendidos por la acometida de aquella humareda que le había devuelto a los tiempos de las neuralgias agudas y de las toses espasmódicas y cavernosas que le habían obligado a dejar uno de los mayores placeres de su vida, parecía ir asomando una disposición a aceptar el humo con el gusto dañino que lo había tenido tantos años cautivo.

En aquel vaivén contradictorio, hubo un momento en que su mano derecha soltó el rotulador y aquellos músculos de inesperados reflejos la llevaron hasta el paquete de cigarrillos, hasta el punto de que su mano izquierda tuvo que sujetar a la otra para impedir que completase el gesto y se apropiase de uno de aquellos cigarrillos, en la acción previa a llevárselo a los labios.

Todo esto se conoce por el testimonio de Celina Vallejo, que a lo largo de los años había sido alumna del profesor Souto, luego compañera en las tareas profesorales, tutora ocasional de sus desvaríos en los tiempos de la enfermedad, y que durante la larga convalecencia había vivido con él una relación amorosa que habían hecho fracasar ciertas veleidades del profesor. Celina Vallejo le escuchó relatar, con la meticulosidad que es habitual en él, aquellos ajustes de la memoria que iba encajando cada imagen y cada percepción en su matriz original, hasta el momento en que se vio agredido por el humo que los fumadores exhalaban en el despacho del departamento. Para Celina Vallejo, que nunca ha dejado de admirar al profesor, y menos de mirarlo con ternura, la descripción pormenorizada de aquellas sensaciones muestra sus buenas condiciones mentales, y que el episodio de sus delirios parece completamente superado. Pero el profesor Souto también le contó que aquella experiencia de un impulso casi incontrolable que se había adueñado por unos instantes de su mano fue para él una manera muy desasosegante de reencontrar ciertos aspectos conflictivos de su vida anterior a la enfermedad.

La misma tarde de aquel día, el profesor Souto iba a descubrir nuevos matices en su comportamiento. Frente a la casa en que vive, en pleno centro del barrio del Refugio, hay una expendeduría de tabacos cuyo rótulo es visible, a través del balcón, desde la mesa de su estudio. El profesor está harto de atisbar aquel rótulo, junto a unos azulejos mellados que señalan la antigua numeración de la manzana. El sobresalto que el profesor había sentido aquella mañana al entrar en el departamento, el extraño movimiento perceptible físicamente dentro de él, se hizo entonces claro. Nuevos músculos se movieron, los nervios establecieron conexiones inesperadas, desde una zona imprevista dentro de sí afloraron propósitos que él no había sido consciente de componer, y comprendió que su abandono del tabaco había sido sólo aparente, que la posterior enfermedad había ocultado una certeza que de súbito se manifestaba: sus deseos vehementes de sentir entrar el humo a presión en sus pulmones, acelerando los latidos de su corazón y lubrificando los cauces de su lucidez, no eran un equipaje más de su conducta, como el hambre, el sueño o el deseo sexual, sino que pertenecían a un ser capaz de otra voluntad, capaz incluso de moverse dentro de él como si gozase de una estructura corporal autónoma.

Aquel descubrimiento consternó al profesor Souto. A veces, durante su convalecencia, había tenido largas conversaciones con una voz que vivía dentro de él, pero aquella voz había sido la parte de su conciencia que se mantenía incólume por encima del delirio y de la amnesia. No era otro, sino la sustancia más saludable de sí mismo. En el caso de lo que aquella poderosa vaharada de tabaco había hecho moverse dentro de él, no parecía que se tratase de un residuo de otros tiempos, una parte fósil de sus hábitos o de sus deseos, sino de la avidez viva y permanente de fumar, constituida en una especie de sombra plena y paralela, un deseo y una ansiedad del tamaño de toda su persona, que él debía dominar desde un esfuerzo de control superior en que también todo su cuerpo tenía que implicarse para conseguirlo.

Desde entonces, aquella avidez dotada de tanta fuerza comenzó a manifestarse cada día con mayor determinación. Al salir de su casa, el profesor Souto debía controlarse mucho para que sus piernas no lo condujesen al estanco, y en las reuniones con los colegas, o cuando tomaba café con algún fumador, tenía que mantener los dedos de sus manos entrelazados para evitar que se abalanzasen sobre los cigarrillos de los paquetes de los compañeros. De la misma manera, se veía obligado a sujetar su voz para que no emitiese los sonidos susceptibles de ordenar la oración correspondiente a la petición de un cigarrillo, y el propio olfato, para evitar que aspirase con abandono deleitoso el humo de los fumadores cercanos.

El profesor Souto se fue sintiendo orgulloso al comprobar que, aunque con bastante trabajo, era al fin capaz de dominar las violentas apetencias de aquel fumador que acechaba dentro de él. Sin embargo, en la situación comenzó a haber algunas novedades. Para empezar, una mañana, al despertar, descubrió que el olor que durante tantos años había formado parte de su vida cotidiana y que en la actualidad tanto le molestaba, parecía haberse adueñado otra vez de su alcoba, y al levantarse encontró en la mesa del escritorio una cajetilla de tabaco, y varias colillas en uno de los ceniceros que durante tanto tiempo habían quedado arrinconados como objetos superfluos.

El profesor Souto tiró a la basura todo aquello, pero sospechó que en algún inadvertido alejamiento o descuido de su conciencia la sombra fumadora agazapada dentro de él había aprovechado para satisfacer sus ansias. El profesor extremó sus cautelas y su ejercicio de dominio muscular y de control de la voluntad, pero aquella actividad debía de seguir realizándose en algún momento no advertido por él, pues las ropas solían olerle a humo de tabaco más de lo que pudiera deberse al trato con gente que fumaba, y una tosecilla insistente volvía a acosarlo nada más levantarse, como en los tiempos en que se habían iniciado sus antiguos problemas bronquíticos.

Un día, ya en pleno invierno, al bajar al bar de la facultad a tomar un café coincidió con Celina Vallejo, que se declaró muy sorprendida de su rapidez, al encontrárselo allí cuando acababa de verlo en la explanada.

—¿Por dónde has venido? —le preguntó Celina.

El profesor Souto la miró sin entender su pregunta.

—Por cierto, he visto que has vuelto a fumar —añadió Celina.

—¿Quién te ha dicho eso?

—Yo misma te acabo de ver echando humo como un alto horno en la puerta de la facultad. Pensaba que era verdad que lo habías dejado para siempre.

Aquella conversación permitió al profesor Souto comprobar que el fumador al acecho que se ocultaba dentro de él conseguía cumplir sus objetivos.

—Pues avísame siempre que me vuelvas a ver fumando, a ver si eres capaz —contestó.

Celina aceptó aquella declaración como una especie de reto, como si con ella el profesor Souto se jactase de mantener su voluntad de seguir apartado para siempre de la horrenda absorción respiratoria de alquitranes y cenizas, y también creyó ver en ella una señal de acercamiento personal. Desde entonces procuró observar el comportamiento del profesor en relación con el tabaco, y en tres nuevas ocasiones pudo descubrirlo a través de las cristaleras del bar, paseando solitario por el jardín helado, entre las plantas cubiertas de escarcha, como una figura espectral en que lo más nítido era el chorro de humo que se desprendía de su boca.

Celina informaba puntualmente al profesor de lo que llamaba sus claudicaciones nicotínicas, y el profesor intentaba averiguar lo que él había estado haciendo en aquellos mismos instantes, y pudo comprobar que las apariciones de su fumador furtivo coincidían con breves momentos en que él estaba absorto en la lectura de algún texto. Su voluntad traía a raya al fumador acechante, pero éste aprovechaba cualquier resquicio de su distracción para meter tabaco en sus bolsillos o para inhalar aquel humo venenoso que, además de hacerle recuperar sus asfixias tosedoras, le había devuelto la intensa neuralgia matinal que tanto le hizo sufrir en otros tiempos.

Todo esto se lo acabaría contando el profesor Souto a Celina Vallejo, y a través de ella llegaríamos a enterarnos el resto de sus amigos, pero entonces mantuvo en secreto todos los episodios de su lucha. El profesor Souto, aparte de las ausencias y los delirios que durante tanto tiempo lo han tenido separado del mundo, es una persona extremadamente racional, lúcida en sus hipótesis y nada amigo de buscar orígenes fabulosos en los fenómenos raros con que pueda enfrentarse. Así pues, estudió su caso con la misma meticulosidad que emplea para sus análisis lingüísticos.

El conocimiento de la existencia de aquel fumador acechante dentro de él no le había hecho abandonar ni un solo instante su cautela ni había menguado la firmeza de su ánimo. Cuando era consciente de que el intruso quería manifestarse, amordazaba sus palabras y sujetaba sus brazos para no pedir tabaco ni aceptar la invitación de un cigarrillo. Pero tal postura intolerante ¿no estaba precisamente propiciando la actividad furtiva del fumador escondido dentro de él? El profesor Souto comprendió que todas las señales que emitía su ser consciente hacían retraerse y buscar caminos furtivos a la sombra fumadora que llevaba incrustada. Del mismo modo que la prohibición del consumo de determinados productos puede favorecer que se sigan distribuyendo a través de canales ocultos o imprevisibles, ¿no estaba facilitando su actitud tajante las acciones clandestinas de esa avidez de fumar que, al parecer, nunca lo había abandonado?

Cuando llegaron las vacaciones de Navidad, el profesor Souto tosía como un asmático, tenía que tomar al día varias aspirinas para aplacar sus neuralgias y apestaba a humo de tabaco, pero había adoptado una determinación. La estrategia del profesor Souto tenía mucho que ver con los signos, como no podía ser menos en un lingüista. Aunque el profesor, como mucha gente, aborrece ese espíritu festivo de la Navidad que parece cristalizar exclusivamente en la adquisición de cosas innecesarias, en tal ocasión decidió romper con sus costumbres frugales y no solamente adquirió un whisky de malta añejo y turrones que fabricaba un obrador artesano del centro de Madrid, sino que aquel mismo día entró en el estanco vecino y, aparte de comprar un cartón de tabaco, se llevó también media docena de puros Montecristo del número 4, que eran los que solía fumar en las tardes dominicales, en sus tiempos de fumador, como complemento de su ración de cigarrillos. Mientras hacía aquella compra, el profesor Souto pudo advertir el movimiento interior de su intruso y su sorpresa, y hasta el alborozo de descubrir en aquellas novedades que la negativa tan acendradamente manifestada parecía resquebrajarse.

Aquella misma tarde, en el avatar de una peligrosa aventura, el profesor Souto se dispuso a librar la batalla final, que tendría como armas principales varios cigarrillos y un puro, si era necesario. Luego le confesaría a Celina Vallejo que su rechazo de aquel humo que lo había esclavizado durante tantos años permanecía incólume dentro de él, pero que tenía que llevar a cabo su plan, y en el plan era imprescindible la aparente entrega al saboreo del tabaco. De manera que el profesor Souto permitió que el fumador que acechaba dentro de él fuese creyendo que el anterior rechazo de su anfitrión había sido doblegado, sustituido por una entrega sin condiciones.

Mientras se fumaba el primer cigarrillo, ni el fumador oculto acababa de confiarse del todo, ni los últimos hábitos del profesor Souto parecían reconciliarse con aquel abandono, de manera que sus músculos sufrían contracciones, sus nervios extrañas descargas, y todo su cuerpo manifestaba las alteraciones de aquella conciliación de contrarios que parecía estar sucediendo. Después de haberse fumado otros dos cigarrillos, el fumador acechante había salido ya sin reparos a la superficie. Mientras tanto, el profesor Souto corregía unos exámenes, pero estaba tan concentrado en su estrategia que apenas prestaba atención a los trabajos de sus alumnos, y al día siguiente tuvo que repetir toda la tarea correctora.

Estaba absorto en su batalla, tendiendo su trampa, mostrando las señales que debían embaucar y desarmar al enemigo, y sabía que todo había de quedar resuelto aquella misma tarde, y que él estaba corriendo un riesgo enorme, el de quedar atrapado por el gusto, la voluntad y la adicción de fumar de aquel fumador al acecho. Después de tantos años, el humo de aquellos cigarrillos podía hacer que la sombra propia que él había creado sin saberlo cuando renunció al tabaco volviese a hacerse protagonista exclusiva de su relación con el humo, y que él quedase condenado otra vez, acaso para siempre, a las toses que lo dejaban sin respiración y al dolor de cabeza que le impedía pensar con claridad en otra cosa.

Decidió dar el golpe final en el cuarto cigarrillo, y para eso dejó los folios de sus alumnos, se sirvió un whisky de la botella que había comprado aquella mañana y se retrepó en el sofá, en actitud de estar dispuesto a disfrutar intensamente de los momentos siguientes. Sentía en todo su cuerpo al fumador ya sin ninguna disposición acechante, embelesado en el placer de aquel humo que viejos cuplés llamaron embriagador. Cuando el profesor Souto calculó que había llegado el momento decisivo, hizo una aspiración intensísima, como si quisiese meter en sus pulmones todo el humo del cigarrillo que se estaba fumando, y sintió que aquel fumador clandestino que permanecía dentro de él se entregaba con gozo al disfrute de aquella fortísima inhalación, dejándose llevar completamente por la voluntad del profesor.

Para su acción ulterior, el profesor Souto había preparado el objeto que le había parecido más idóneo, la reproducción de un ánfora griega de mediano tamaño que le habían entregado como recuerdo en un congreso de semiótica celebrado en Cádiz algunos años antes. El profesor Souto dejó el cigarrillo en el cenicero, acercó bruscamente la boca del ánfora a su propia boca y soltó con fuerza el humo almacenado en sus pulmones sintiendo que, al mismo tiempo, se arrancaba de su cuerpo, como en el vómito más violento de su vida, al desprevenido huésped. El profesor taponó de inmediato la boca del ánfora y estuvo tosiendo durante más de media hora, muy mareado, intoxicado, exhausto, pero libre al fin de aquel odioso intruso. Abrió luego los ventanales para que la habitación se ventilase y se quedó largo rato apoyado en la balaustrada del balcón, sin sentir el frío de la noche, mientras contemplaba el rótulo del estanco lleno de serenidad, sin que hubiese ya nadie dentro de él a quien pudiera turbar el tabaco y sus humosas tentaciones.

Cuando el profesor Souto le enseñó a Celina el ánfora, ya había lacrado la boca y, sobre la inscripción conmemorativa del congreso de semiótica, había pegado un cartelito en que decía «El fumador que acecha» con letras mayúsculas.

—Ahí está sellado para siempre mi horroroso huésped, como el genio famoso de aquella lámpara o el demonio de aquella redoma —le dijo el profesor a Celina, sin que el humor le quitase seriedad.

Todas aquellas peripecias habían vuelto a acercarlos, y aunque no vivían juntos pasaban muchos ratos en compañía, con una disposición que sería difícil no calificar de amorosa. Además, Celina cuidaba un poco de que en la casa del profesor Souto hubiese orden. Precisamente cuando nos relató la aventura completa del profesor en lucha con su ávido huésped, Celina estaba desolada porque la asistenta que visita dos veces a la semana la vivienda del profesor para asearla había roto el ánfora en un descuido.

El profesor Souto no se enteró del estropicio porque Celina ha logrado recomponer perfectamente el cacharro, y la rotura no ha tenido efecto alguno en el profesor Souto, que sigue sin fumar y sin toser, que ya no toma aspirinas, y que a menudo nos dice a los colegas fumadores que odia el tabaco pero que compadece al fumador.

La hija del Diablo

Hay mucho brillo de fauces y humedad de salivas sanguinolentas en una zona lejana de mi memoria. La zona es tan borrosa que apenas la identifico como mía: yo mismo no soy allí una conciencia sino un personaje más, un niño crédulo capaz de aceptar con agradecida fascinación cualquier historia que le contasen.

En el primer cuento que yo recuerdo haber oído, el lobo devoraba a la abuela de Caperucita y, tras una situación de terror progresivo —la primera e insuperable escena de suspense de toda mi vida—, a la propia Caperucita. En aquel tiempo debieron de contarme muchos cuentos en cuya trama central alguien era devorado, porque son los que más rebullen en esos pasadizos de mi alma. El lobo devoraba también a las siete cabritillas, tras entrar en su casa con la artimaña de enharinarse una de sus patas, para hacerla parecer la de la cabra madre. A las dos voraces bestias, el lobo de Caperucita y el de las siete cabritillas, la digestión les daba un sopor que no podían resistir, y su sueño era aprovechado por los cazadores, o por la cabra madre, para abrir su barriga, sacar de allí a sus víctimas, rellenarla de piedras y volver a cosérsela. Ese lastre arrastraría al lobo al río o a lo hondo de un pozo, cuando quisiese beber, empujado por una sed acuciosa. Pero también estaban presos de un ansia devoradora la bruja de Hansel y Gretel —*¿quién se come mi casita?*— o el ogro de Pulgarcito, descuidado degollador de sus propias hijas.

Eran historias feroces, cargadas de una glotonería caníbal que hacía aún más perversas las circunstancias que rodeaban el peligro mortal de los inocentes protagonistas. De la recepción de aquellos primeros cuentos mi memoria no conserva otra cosa que el sentimiento de miedo, casi concupiscente por lo extremado y sin embargo ajeno de la situación que se me describía. Apenas hay otras percepciones alrededor de la pura trama, y ni siquiera distingo muy bien al narrador, ni la voz y los gestos con que iba desvelando su relato. Por eso, a la hora de evocar el primer cuento de mi vida, he procurado husmear un poco más entre las ruinas de esta memoria mía, muy desfigurada por la erosión del tiempo, donde es ya casi imposible identificar los objetos y los seres que ocuparon el paraje, hasta que he descubierto una piedra blanquecina.

Se trata de una piedra redondeada, uno de esos cantos de río de superficie afinada por el frotamiento. La imagen de la piedra ha suscitado la de unos ojos negros, graves, en el rostro acaso amarillento de una mujer que no debía de ser tan anciana como yo había llegado a imaginar. Y veo gente afanándose junto a unos vagones de ferrocarril, un día gris. Son imágenes en blanco y negro, como de película antigua, y no demasiado precisas, pero creo que he encontrado el lugar del primer cuento de envergadura que yo escuché. Estamos en algún punto del Bierzo o del Val de Orras, hace más de cincuenta años, una mañana de verano.

Aquella vez yo me trasladaba a Galicia, a casa de mi abuela materna, con mi tía Iluminada, a quien yo desde niño llamaba Mané. Era un viaje muy largo. Ya no soy capaz de evocar las circunstancias exactas de esa demora, ni el cansancio, acaso el mareo, ni la incomodidad. Sólo queda en mi memoria el olor a humo de carbón y aquella súbita quemazón de la carbonilla que hería los ojos, si se asomaba la cabeza fuera del vagón. También recuerdo que el tren iba repleto de gente y que, sobre los asientos, en los estantes de red que servían para depositar el equipaje, se amontonaban bultos y maletas formando un volumen gigantesco que duplicaba el de los pasajeros.

Siento aún aquel olor a humo, y percibo la forma apelotonada de los grandes bultos sobre nosotros, y otros bultos de fardeles apretados debajo de los asientos, y aquella multitud. El departamento sin duda estaba lleno y debía de haber gente de pie en el pasillo, y de repente recobro el rostro, he dicho amarillento, flaco, oscuro, de esa mujer que no es una vieja, aunque tampoco sea joven, esa mujer de ojos oscuros y un poco extraviados que acaba de decir que le quitaron la escuela.

«A mí me quitaron la escuela», ha dicho, sin duda en el transcurso de una charla en la que los pasajeros más cercanos participan entre murmullos y de la que solamente puedo rememorar esa frase, testimonio de un hecho que entonces me pareció extraño, porque no era capaz de imaginarme exactamente lo que quería decir, cómo era posible que a alguien le pudiesen quitar una escuela, un edificio parecido al que a mí me cobijaba durante el tiempo escolar, aunque el mío se llamase colegio, con sus aulas, sus pupitres, sus encerados, sus mapamundis, sus imágenes piadosas, sus pasillos, sus escaleras, acaso unas plantas en el vestíbulo bajo el cuadro de honor, sus retretes olorosos y su capilla, una inmaculada en el altar mirando al techo con gesto embelesado.

Podían quitarte el tacón redondeado para jugar a las carreras, la bola grande de acero para rematar en el gua, el pequeño avión bimotor que parecía de metal pero que no pesaba y que le habías cambiado a uno de la clase por una estrella de sheriff, podían quitarte un tebeo que llevabas disimulado entre los libros, pero una escuela, quitarle a alguien una escuela, era tan incomprensible, que esa extrañeza despertó en mí la intuición de algo extraordinario y misterioso.

«Me quitaron la escuela», había dicho. Y claro que hablaba como una maestra. Más tarde, no puedo precisar el momento, me había hablado para preguntarme a qué clase iba y si me gustaba estudiar. La conversación general del departamento se fue fragmentando y al cabo, quizá al hilo de su inquisición sobre mis circunstancias colegiales, ella empezó a contarme un cuento que yo no conocía, y que ahora intento reconstruir desde el final, ese momento, muy posterior a aquél, en que ella ha colocado en el suelo delante de nosotros, con un golpe seco, esa piedra blanca, oblonga, después de recogerla en la orilla del río.

Los trenes eran entonces motivo de terribles sucesos. Choques y descarrilamientos estaban en las noticias frecuentes. En los largos túneles que había que recorrer para alcanzar Galicia se producían accidentes que llenaban de espanto las habladurías de las cocinas y los mercados. El túnel de Torre, el de Castillo, se describían como profundos laberintos, lazos tenebrosos en que parecía agazaparse una insoslayable fatalidad. Ahora creo que la mujer empezó a contarme el cuento mientras atravesábamos uno de aquellos larguísimos túneles. La angostura de la oquedad que el tren recorría iba obligando al humo a verterse por las rendijas de las ventanillas en innumerables manantiales, y el departamento acababa inundado de aquella niebla que irritaba los ojos y la garganta de los viajeros.

Y ahora sí que me parece recordarlo con claridad: la bombilla de forma cilíndrica que iluminaba con endeble fulgor los bultos, los cuerpos, que ponía en los rostros la expresión inmóvil de las máscaras se apagó de pronto, y sentí miedo. Yo estaba sentado entre mi tía Mané y la mujer a quien le habían quitado la escuela, y entonces ella me preguntó, si no me lo había preguntado antes, si conocía el cuento de Blancaflor. Debió de ser entonces, porque todas las sensaciones forman ahora en mi rememoración un contorno firme que atrapa su voz como un invisible puño cerrado: la oscuridad, las conversaciones que han enmudecido, el humo impregnándolo todo y penetrando en nuestros pulmones con su amenaza de ahogo, el traqueteo del tren que resuena con fuerza, y en el centro de tanta opacidad la voz de ella empezando a fluir como un signo apaciguador:

—En un país lejano había una vez un rey y una reina, muy queridos de sus súbditos, que hubieran sido del todo felices si hubieran podido tener hijos. Pero pasaban los años y no lo conseguían, a pesar de sus oraciones, de las medicinas de los médicos y de los sortilegios de magos y hechiceras.

Ya no puedo recordar todas las circunstancias de la narración, y acaso su trama, tal como ahora la conozco, no proviene solamente de aquella ocasión, sino que se ha ido mezclando con sucesivas versiones leídas o escuchadas. Sin embargo, el recuerdo es tan preciso que sin duda refleja, al menos en el inicio del relato, la claridad de aquella implantación inicial entre la negrura asfixiante del túnel: los desdichados reyes formulan el desesperado voto de entregar a su hijo al Diablo cuando cumpla veinte años, si es que se les concede la alegría de conseguirlo, y el hijo tan ansiado llega al fin, y los padres se llenan de regocijo y olvidan su promesa mientras pasa el tiempo y el hijo crece guapo, inteligente, bueno, robusto, y aprende las destrezas propias de los príncipes.

Sin embargo, apenas recuerdo con exactitud todo lo que sucedió, y no puedo saber por dónde iba la trama del cuento cuando salimos del túnel. La voz de la narradora tenía timbre fino y ella hablaba con lentitud, pero no puedo evocar ninguna otra señal que me la devuelva. Y no sé por dónde iba el cuento —acaso ya la humareda, tras la apertura de las ventanillas, se había disipado— ni si habíamos llegado al momento del vigésimo cumpleaños del príncipe, el momento en que los padres reciben la atroz visita del emisario del Diablo —todavía hoy me pregunto cuál sería su figura— cuando el tren descarriló.

No he vivido otro accidente ferroviario, pero algunos seísmos que he sufrido en algún momento de la vida me han hecho revivir aquella experiencia, el suelo escurriéndose bajo nuestros cuerpos, una súbita sugestión de ir a flotar en una ingravidez precursora de la más vertiginosa de las caídas.

El accidente no tuvo las proporciones dramáticas de otros, pues resultó que solamente un vagón, el último del convoy, se había salido de la vía, y lo lento de la velocidad impidió el vuelco, pero nos obligaron a abandonar todos los vagones. Me parece que hubo algo de revuelo, porque mucha gente quería llevarse consigo el equipaje, pero el revisor y los guardias que patrullaban el tren no lo permitieron. Mi tía recogió su bolso, me dio la mano y descendimos.

He dicho que era un día gris. En la cabecera del tren, el resoplido de la máquina reflejaba la ansiedad de los pasajeros, y su bulto oscuro resaltaba contra el paraje montuoso. Acaso hacía sol, y es la tensión de aquellos momentos lo que me hace verlo todo como iluminado por un resplandor de ceniza. Nos sentamos en unas piedras, al pie del terraplén, cerca del riachuelo, mi tía Mané, la narradora y yo, y debimos de quedarnos un rato quietos, pasmados por el suceso que venía a corroborar todos los temores populares acerca de los peligros de aquel trayecto ferroviario. Quiero creer que entonces la mujer continuó contándome el cuento, cómo el príncipe, que ha cumplido los veinte años, tranquiliza a sus padres cuando conoce la lejana y fatal promesa, ensilla su caballo y se dirige, con el más animoso de los talantes, al castillo del Diablo, que ya no sé si ella llamaba Castillo de Irás y No Volverás.

—En el bosque, el príncipe se encontró con una viejecita que pedía limosna y compartió con ella el almuerzo que llevaba en la mochila. ¿Qué hubieras hecho tú?

El recuerdo de la pregunta, que me vuelve a identificar con aquel príncipe, certifica la verdad de la escena. Yo respondo que habría hecho lo mismo, y ella, haciendo con la cabeza gestos aprobatorios, me contesta que yo debo de ser tan generoso como el príncipe. Y luego añade: «Y tan valiente».

—La viejecita era en realidad un hada, que quería probar la calidad de su corazón. Cuando comprendió que el príncipe era bueno, le dijo que antes de llegar al castillo encontraría un lago, y que vendrían a bañarse en él tres muchachas, las tres hijas del Diablo. Lo que él tenía que hacer era esconderse y esperar a que estuviesen en el agua. Entonces, sin que ella pudiese advertirlo, escamotearía la ropa de la más pequeña, que se llamaba Blancaflor. Y más tarde, cuando ella saliese del agua y no encontrase su ropa, se la mostraría, pero antes de devolvérsela le obligaría a pedírsela por tres veces consecutivas.

Entonces supe lo hermosa que era Blancaflor, que al parecer estaba esperando la llegada de aquel príncipe, y cómo ambos se enamoraron el uno del otro en cuanto empezaron a hablar. Mas mi tía Mané lanzó un grito, porque acababa de descubrir que faltaba la cartera de su bolsa de mano. «¡Ha sido en el túnel! ¡Ha sido en el túnel!», voceaba mi tía. Se levantó y echó a correr hacia los guardias, que estaban junto a la gente que observaba las ruedas del vagón hundidas en la gravilla.

La noticia del robo llevó consigo mucho revuelo, pues en mi recuerdo hay una idea, aunque también confusa, de mi tía que viene y va, acaso convocando a los demás pasajeros del departamento. Yo andaba por allí, no sé si sentado en las piedras o agarrado a su mano. Recuerdo sus ojos muy abiertos, su voz trémula, sus mejillas encendidas en la triste emoción de su expolio. También recuerdo a la narradora vista de lejos, su figura muy menuda entre los dos guardias con aquellos tricornios de charol que tan exactamente reflejaban la grisura del día: claro que no había sol. Y también recuerdo a mi tía intentando localizar a uno de los viajeros, un joven con traje que había contado que era viajante de jabones y perfumes. Pero no pudo encontrarlo. «¡Debió de ser él! —exclamaba mi tía una y otra vez—. ¡Ha aprovechado que el tren descarriló para marcharse! ¡Debió de ser él!».

Con los años, el recuerdo de todos aquellos espacios se descompone en fragmentos irregulares, desproporcionados. Ahora pienso que la aventura tuvo que durar muchas horas, pero en mi memoria queda sólo un trozo de tiempo que ya no puedo medir ni pesar. Mi tía se quedó muy mohína. Habían desenganchado el vagón, pero era preciso esperar a que llegase ayuda para recomponer el tren. Y continuamos en aquel paraje montuoso, en la ribera del riachuelo.

Digo que no soy capaz de evocar el tiempo material de aquella espera, que duró posiblemente muchas horas. Ahora parece concentrarse toda ella en el espacio del cuento, aunque ya sé que es imposible que el relato se alargase tanto. Pero quién sabe ya si la narradora de ojos oscuros y fijos no me lo fue relatando en pequeños fragmentos, para despertar aún más mi interés. El caso es que continúa hablando, y veo sus ojos oscuros mirándome muy cercanos. Los viajeros desperdigados se ven forzados al ejercicio de la sumisa paciencia, mientras la pareja de guardias pasea con lentitud a lo largo de las vías, el mosquetón colgado del hombro. Por la vía se acerca por fin una pequeña locomotora con un remolque cargado de hombres que empuñan grandes rastrillos y palancas.

La narradora me contó que Blancaflor llevó ante su padre a su flamante enamorado, y que éste le pidió al Diablo la mano de su hija menor. Nunca ha dejado de asombrarme todo lo que vino después. Los hombres empiezan a bajar las grandes herramientas. Acaso por eso relaciono ese momento con las pruebas del Diablo. El Diablo quiere matar al príncipe, pero le perdonará la vida y le dejará casarse con su hija pequeña si es capaz de talar uno de los montes arbolados que se ven desde el castillo, roturarlo y plantar el trigo que, una vez brotado, madurado, segado, trillado, aventado y molido, debe servir para cocer el pan que el príncipe tiene que ofrecer al Diablo al día siguiente. Las grandes palas, los picos, los rollos de cable, las poleas que venían con la pequeña locomotora me hacen relacionar los esfuerzos de los encarriladores con las supuestas tareas que exigía la imposible cosecha del pan del Diablo. Pero Blancaflor mandó acostarse al príncipe, y con su magia consiguió llevar a cabo todas las labores necesarias, de manera que al día siguiente aquel monte era un rastrojo, y en la mesa del Diablo había una suculenta hogaza de pan.

O te ayudó Blancaflor, o eres más diablo que yo, murmuró el Diablo con despecho, sin conformarse. Y empezaban los obreros del ferrocarril a unir sus esfuerzos a los tirones de la pequeña locomotora para intentar mover el vagón, cuando el Diablo exigía al príncipe, a cambio de su vida, roturar el yermo que se extendía a los pies del castillo, entre el lago y el bosque, plantar en él un viñedo y, una vez fructificadas las cepas, vendimiar los racimos, pisar las uvas, dejar fermentar el mosto y ofrecerle a él al día siguiente una jarra del vino cosechado. Los esfuerzos de los hombres y el arrastre de la pequeña locomotora apenas conseguían mover el vagón descarrilado, cuando Blancaflor le aseguraba a su novio que no se preocupase, que durmiese tranquilo. Y al día siguiente el Diablo tuvo en su mesa una jarra del vino de aquellos viñedos que se extendían entre el lago y el bosque.

O te ayudó Blancaflor
o eres más diablo que yo.

Acaso no sea cierto que la trabajosa tarea de aquella brigada ferroviaria haya coincidido con esta parte del cuento, pero repito que, en mi memoria, la imaginación de las supuestas labores a que hubieran obligado las pruebas del Diablo se juntan con naturalidad a los esfuerzos de aquellos hombres sudorosos.

La última prueba, al figurármela, todavía me produce cierta zozobra a estas alturas de la edad, y no estoy seguro de que aquella mujer me la hubiera contado de la misma manera que ahora me parece recordarla, con una brutalidad tan fría y meticulosa como sangrienta. Acaso esta parte del relato, tal como creo haberla oído en aquella ocasión, es un añadido posterior y proviene de narraciones escuchadas más adelante. Sin embargo, yo no puedo dejar de identificarla con aquel día gris, con las locomotoras jadeando entre humos en lo alto del talud, a ambos extremos del tren, mientras las aguas del riachuelo brillan corriendo valle abajo.

El Diablo le encarga al príncipe recuperar una sortija maravillosa que se encuentra en el fondo del lago y Blancaflor le pide a su novio que la mate y la descuartice, y que recoja con cuidado toda su sangre en una botella, toda su sangre sin perder una sola gota. Digo que no sé si la narradora de tez amarillenta y grandes ojos oscuros me lo contó así, y sin embargo me parece recordar como seguro que aquélla fue la primera ocasión en que lo oí, y que sentí en el corazón el apretón de esa congoja que aún me dura. El príncipe, después de matar a Blancaflor, mientras la desangraba, dejó caer inadvertidamente una gota de sangre fuera de la botella. Pero luego, tras echar los cuartos del cuerpo muerto y la botella llena de sangre al lago, Blancaflor saldría de las aguas resucitada, entera, sonriente, llevando en la mano la sortija maravillosa.

Mi tía se enjuga los ojos con un pañuelo, considerando la enorme pérdida que hemos sufrido, el dinero para el verano, para la abuela, y mira a lo lejos sin escuchar a la narradora. Muchos pasajeros se han puesto a echar una mano a los obreros del ferrocarril y la maquinita lanza algunos silbidos, como si con ello pudiese ayudar un poco más. Y el Diablo sigue sin aceptar el resultado, y propone al príncipe que intente identificar a Blancaflor por el dedo índice que, junto con los de sus hermanas, enseñarán las tres por debajo de la puerta. Si acierta, podrá irse con ella. Si no, morirá. La gotita de sangre desperdiciada pertenecía a ese dedo índice de Blancaflor, y la diminuta cicatriz es advertida por el príncipe, que cumple la prueba una vez más.

—Pero el Diablo tampoco quedó satisfecho, y decidió matar de una vez al príncipe. Blancaflor, que lo supo, fue a buscarlo para que huyesen juntos. En los establos del Diablo había un caballo muy bonito llamado Viento, y uno muy feo llamado Pensamiento, que era el que Blancaflor encargó ensillar al príncipe. El príncipe se equivocó de caballo y ensilló al bonito, a Viento, que era el que menos corría. Y salieron huyendo con tanta prisa que ya no pudieron cambiar de caballo.

Ahora viene la huida con el Diablo detrás, a punto de darles alcance. Los esfuerzos de tanta gente hacen que el vagón se mueva. Blancaflor tira un peine a sus espaldas y brota un espeso matorral que obliga al Diablo a detenerse. Creo que se puso a lloviznar un poco, pero debió de escampar enseguida. Siguen huyendo y el Diablo está otra vez casi junto a ellos. Blancaflor tira a sus espaldas una navaja que se convierte en una reja de hierro erizada de pinchos, para que el Diablo se hiera, y luego un puñado de sal que se convierte en una montaña de sal, para que al Diablo le abrasen sus heridas. Pero el Diablo consigue ir salvando todos los obstáculos, y está otra vez muy cerca de ellos cuando Blancaflor convierte el caballo en una ermita, al príncipe en un ermitaño, y ella misma se transforma en la campana de la ermita. El Diablo queda definitivamente confundido. Rabioso, lanza al aire una maldición: «¡Te olvidarás de Blancaflor!».

Recuerdo que llevábamos comida: una hogaza de pan en que se guardaban, separadas la parte de arriba y la de abajo, tortillas francesas y unos filetes empanados. La tía Mané apenas comió, pero invitó a la narradora. No sé cuántas horas pasaron. La tía Mané suspiraba mucho cuando se cumple el olvido de Blancaflor. Ella ha advertido al príncipe que, cuando lleguen al castillo, no debe dejar que nadie lo abrace, pero él no puede impedir que una de sus viejas ayas, la que más le quiere, se acerque por detrás y lo rodee con sus brazos. Y el príncipe se olvida de Blancaflor, que se queda en el castillo como una sirvienta más. Poco tiempo después, el príncipe decide casarse con otra muchacha.

En este momento del cuento, la narradora ha cogido una piedra del cauce del río y la ha colocado delante de nosotros con un golpe seco, para que se sostenga sobre la hierba. Esa piedra de forma ovoidal, más grande que su mano, es la figura que ha traído a mi memoria este relato. La veo nítida entre la hierba, mientras el agua del arroyo corre deprisa, resonando. La piedra está delante de mí como un gran huevo, como estaban delante de Blancaflor el cuchillo de dolor y la piedra de amor cuando el príncipe la descubre. Y alrededor de esa imagen, igual que se va formando la sustancia de las perlas alrededor de un guijarro minúsculo, ha ido cuajando la luz nacarina de aquel día, la voz suave y fina de la narradora, las lágrimas de mi tía Mané, las locomotoras que resoplan en la parte alta del terraplén, los hombres que gritan al unísono para animar sus esfuerzos.

El príncipe descubre a Blancaflor, aquella sierva del castillo, hablándole a escondidas a una piedra y a un cuchillo, y lo extraño de su actitud hace que se detenga a escucharla. Blancaflor le pregunta a la piedra por las tareas que tuvo que realizar para salvar la vida del príncipe, aquella hogaza y aquel vino hechos con la harina y el mosto de un trigal y de un viñedo plantados y fructificados en una sola noche, su sacrificio mortal y su desangramiento para la magia del anillo del lago, la angustiosa huida mientras los perseguía el Diablo infatigable.

A las preguntas de Blancaflor, la piedra responde entre crujidos, dando testimonio de aquellos sucesos terribles y maravillosos, y el príncipe escucha lleno de asombro. Luego, Blancaflor le habla al cuchillo de dolor y le pregunta qué debe hacer ella, puesto que el príncipe la ha olvidado, con todo lo que pasaron juntos. El cuchillo le responde que se dé muerte sin esperar más, y Blancaflor apunta con el cuchillo a su corazón, cuando el príncipe lo recuerda todo y entra corriendo donde ella está, para impedir que se mate, y besarla, y pedirle que se case con él.

Y en ese mismo instante la piedra se partió en dos. He supuesto que se trataría de una cuarcita, que sin duda estaba rajada, y que al ponerla en el suelo, el impacto primero y la propia fuerza de la gravedad después separó sus dos pedazos, el caso es que esa imagen de la piedra abriéndose de repente en dos mitades y ofreciendo su interior macizo y rugoso fue como la réplica mágica del relato que aquella mujer me estaba contando.

Arreglaron por fin el tren. Ya no recuerdo casi nada más: sus ojos negros, de mirada insistente; su rostro amarillento, su pelo lacio. No puedo asegurar que sea verdad que, cuando nos despedimos, ella me dijese: «Yo soy la hija del Diablo».

El viaje secreto

Yo estoy vivo de milagro. Una noche, cuando era todavía muy pequeño, una riada devastó la casa familiar. Mis padres se ahogaron, pero a mí me salvó un muchacho de los que ayudaban a rescatar lo que se pudiese. Dicen que mi pelo, tan ensortijado, llamó su atención, agarró aquello para ver qué era y al tirar salí yo, que parecía muerto. Pasó conmigo como con esos otros niños que, sin que nadie pueda explicárselo, quedan indemnes al caer de un tercer piso o sobreviven entre las vías al paso de un tren. Alguien de los que estaban con el muchacho me hizo vomitar el agua y seguí respirando, tan tranquilo, aunque yo creo que de aquella impresión, y por muy poca edad que tuviese, me quedó una tartamudez, ahora muy mitigada, que durante muchos años ha puesto impaciencia y burla en la mirada de mis interlocutores.

Vivir de milagro y ser tartamudo me han hecho consciente de mi singularidad, de mi diferencia de los demás. Por eso casi nunca he participado de tantos sentimientos y opiniones que brotan unánimes entre las gentes que me han ido rodeando, aunque también debo decir que la certeza de lo peligroso que es disentir de la fe colectiva me aconsejó desde muy pronto disimular ante los demás la verdadera naturaleza de mis pensamientos.

No tuve pues esa familia cercana que es tan común a la mayoría de la gente, pero no me faltó el cariño de una buena tía, hermana de mi madre. La tía Rosa se ocupó de mí al desaparecer mis padres, intentó darme la mejor educación posible, y cuando fui creciendo, ante la falta de los centros escolares que le parecían idóneos en nuestro pueblo y sus cercanías, decidió que entrase interno en aquel colegio de la capital. Relatar lo que fueron mis años de internado daría para mucho, sería contar y no parar, todavía a veces me despierto imaginando con fastidio que sigo allí, y me parece sentir el olor rancio de las cocinas y el ácido de los retretes, y el frío de las mañanas invernales, y oír el perezoso ajetreo de mis compañeros a la hora de levantarse.

Cualquiera puede suponer que mi tartamudez me hizo enseguida destinatario de esa crueldad burlona que en los muchachos suele escoger entre sus víctimas a los más ridículos o indefensos. Con el paso de los cursos, mi distinción miserable quedó reducida a poco más que un apodo que ridiculizaba mi nombre, Tototoño. También llamaban Peloncho a uno pequeñito y con el pelo ralo por alguna enfermedad, y otro que tenía un brazo un poco paralizado y raquítico era llamado Manopla.

Al fin vine a convivir sin mayores problemas con mis compañeros, aunque ese desapego natural al que antes he aludido me hiciera ver con claridad su cobardía, su estupidez, su envidia, todo lo que, en fin, caracterizaba más o menos a buena parte de ellos, sobre todo a los que parecían más osados.

Entre todos ellos había uno de cuyo nombre sólo recuerdo la abreviatura, que era el modo normal de llamarlo, el Ruti, un chico alto, fuerte, desgarbado, de pelo muy negro y gran nariz, detentador de una especie de dominio natural sobre los demás compañeros siempre que fuesen más débiles o pequeños que él y asistido por la admiración de varios chicos también fuertes y petulantes. El Ruti era líder en un deporte entonces muy en boga en aquel colegio, el baloncesto. Capitán del equipo colegial de nuestro curso, su fanfarronería tenía que sufrir la derrota que, a lo largo de dos cursos sucesivos, desde que habían comenzado aquellos campeonatos, le había infligido el equipo correspondiente de nuestros adversarios naturales, los hermanos maristas.

Ahora voy a contar sólo alguna de las cosas que sucedieron aquel curso, después de que llegase al internado Froilán Monteagudo. Éste era un chico también alto, flaco, con gafas, que se acatarraba mucho —la nariz enrojecida y un pañuelo en sus manos muy a menudo es la imagen predominante que de él me han dejado los años—, poco hablador, ya que ni siquiera de su boca supimos que era huérfano de madre, y que su padre viajaba con frecuencia, por lo que se había visto en la necesidad de internarlo. En el recién llegado hubo enseguida algo que llamó la atención: traía una maleta no muy grande, pero medio vacía, pues dentro de ella sólo había algo de ropa y unos cuantos libros, la mayoría de texto, aunque entre ellos destacaban otros, por su aspecto nada propios del mundo escolar.

—Son novelas —explicó escuetamente su dueño, mientras los guardaba en su taquillón con la ropa y el resto de los libros.

El extraño equipaje nos sorprendió, pues entre los internos nadie tenía un libro de tal clase, y creo también que nadie lo había leído jamás. A veces circulaba furtivamente algún tebeo, que si caía en las manos de los profesores o celadores era despedazado de inmediato, mientras su destructor mostraba el gesto de satisfacción de quien acaba de hacer desaparecer del universo un espécimen tan repugnante como dañino, y los únicos libros que había en el colegio eran los de texto, salvo algunos que guardaba la pequeña librería de la sala de juegos de la sección de acción católica, entre mesas con tableros de parchís, oca, ajedrez, un futbolín, un ping pong, que incitaban a la religiosidad y al buen comportamiento, y que no lograban interesar a casi nadie.

Alguien dijo que aquellas novelas no se las iban a dejar y el nuevo preguntó con naturalidad que por qué no, si las iba a leer en sus ratos libres. Y se las dejaron, siempre que no estuviese con ellas más que en el asueto de la tarde de los jueves, en el rato que nos dejaban dedicar a escribir a la familia o a los juegos de mesa. Claro que antes el padre Laurentino y el Tenaza revisaron aquellos libros con mucha atención, pero no debieron de encontrar en ellos nada inconveniente, porque eran libros con muchos dibujos intercalados que parecían adecuados para que los leyesen los chicos de nuestra edad.

La afición lectora del recién llegado era digna de admirar. En aquellos asuetos, sentado delante de su novela, parecía hipnotizado. Nada lo sacaba de su ensimismamiento, hasta el punto de que ni siquiera parecía oír el timbrazo que anunciaba la cena, y tenía que ser el celador o alguno de nosotros quien le avisase. Separaba entonces la mirada del libro con un respingo, como si despertase, y yo me preguntaba qué podía haber en aquellas páginas capaz de sujetar su atención con tanta fuerza, pues por aquel entonces tampoco yo había leído ninguna novela. En casa de mi tía no había otros libros que una sagrada biblia, un kempis y un romancero, y en mi relación con las páginas impresas en los libros de texto no había encontrado ninguna sensación lo suficientemente estimulante como para animarme al esfuerzo de leer otro libro más, aunque no estuviese marcado por las obligaciones y programas escolares.

Como el nuevo era vecino mío en el dormitorio, una noche, antes de que tocasen silencio, le pregunté qué era lo que encontraba de interesante en aquellas novelas, que ni se enteraba de los timbrazos. Estuvo callado un rato y por fin me dijo que leer una novela era como alejarte de todo lo que te rodeaba de ordinario, penetrar en otro mundo.

—Te olvidas de las palabras que vas leyendo y entras en sitios verdaderos, con gente que habla y hace cosas, corres aventuras, es un viaje secreto —murmuró, antes de darse la vuelta y ponerse a dormir.

Pero me estoy anticipando un poco, pues creo que cuando me contó aquello ya había pasado tiempo desde su llegada, y el Ruti lo tenía entre ceja y ceja. La enemistad del Ruti había empezado nada más llegar. Al verlo tan alto, le dijo que tenía que unirse al equipo de baloncesto. El recién llegado repuso que él nunca había jugado al baloncesto.

—Eso da igual —dijo el Ruti—. Ya aprenderás —y añadió que los días de entrenamiento eran tales y cuales.

El Ruti hablaba con el tono de costumbre, como de mando, y además un poco displicente, y al nuevo no debió de hacerle mucha gracia, porque contestó que ni había jugado nunca al baloncesto ni pensaba hacerlo. El Ruti se quedó un poco cortado, pero enseguida repuso que eso se vería, que si tenía condiciones para jugar al baloncesto claro que jugaría, pues no faltaba más, adónde se creía que había venido a parar. Y me imagino que, incitado por el Ruti, el padre Potros, que era el instructor de gimnasia, debió de hablar con el nuevo para convencerlo, pero éste siguió en sus trece y nunca se le vio acercarse a la cancha.

El caso es que el Ruti no asumió en paz aquella postura del nuevo, y las cosas fueron complicándose. Para empezar, el Ruti atribuyó la insistente negativa del nuevo a participar en el equipo de baloncesto a la pusilanimidad propia de las chicas.

—Es una nena —declaró—. Una nena con gafas.

El ensimismamiento del nuevo en sus lecturas novelescas le hizo ajustar todavía más el juicio: una nena con gafas que lee novelas, acumulando detalles que parecían proclamar la poca virilidad del sujeto, ya que entonces había pocos chicos con gafas, y desde luego era evidente que ningún deportista, futbolista, ciclista, boxeador, las llevaba, ni se les podía suponer entreteniéndose con algo tan falto de actividad y movimiento como la lectura de libros. Nena, y luego Nenita, fue el apodo con que el Ruti intentó marcar a Monteagudo, aunque el modo normal de denominarle la mayoría de los chicos fue Monte.

El nuevo no quiso enterarse de su apodo y el Ruti tuvo más motivos para su aborrecimiento, pues aunque no parecía empollón, nunca en clase lo pillaban sin que tuviese algo que contestar, y lo hacía con la discreción de quien no se ha matado a estudiar. Claro que era mejor en unas cosas que en otras, y muy pronto demostró que nos superaba a todos redactando composiciones: la Fiesta de la Raza, la Noche de Difuntos, el Día de la Madre, no tenían dificultades para él, y conseguía incluso urdir historias a propósito de cada tema que al Estrambote, el cura de Lengua y Literatura, lo dejaban encantado.

—La nenita es un poeta maricón —decía el Ruti.

A menudo, aprovechando el bullicio de los recreos en los patios, él o alguno de sus secuaces gritaban «¡Nenita!», y todo el mundo sabía que se estaban refiriendo a Monte. La mortificación era continua: tropezaban con él en las escaleras, o al pasar le tiraban los libros del pupitre, o el agua en la mesa del refectorio, como si fuese por casualidad, y muchas veces le hacían la petaca en la cama.

Aquella persecución me molestaba cada vez más, porque el nuevo, a pesar de sus rarezas, su lejanía, su gusto por la soledad, o precisamente por ellas, me caía bien. Mi curiosidad por aquello que él había denominado el viaje secreto me hizo pedirle una de sus novelas. Me la dejó tras advertirme con severidad que tenía que tratar el libro con mucho cuidado y devolvérselo al acabar el recreo, y que si me interesaba seguiría dejándomelo hasta que lo terminase.

He leído varias veces ese libro, y recuerdo de memoria cómo empieza: *Nací en el año 1632, en la ciudad de York, de una buena familia.* Al principio me costó un poco seguir el curso de las palabras, por mi falta de costumbre de leer lo que no fueran textos escolares. Pero conforme fui avanzando en la lectura de aquellas páginas y conociendo «la desenfrenada pasión por correr mundo» de Robinson Kreutnaer o Crusoe, comprendí lo que Froilán Monteagudo había querido decir al llamar viaje secreto a la lectura de novelas, pues las palabras de aquel libro no eran como las de los libros de clase, meros signos que transmitían determinada información, sino que me llenaban la cabeza de imágenes, y al cabo de unas páginas las imágenes se hacían tan firmes y claras que yo ya casi no era consciente de estar leyendo las palabras que las generaban.

Creo que a partir del tercer asueto, ya náufrago en la isla desierta, empezó a sucederme lo que tanto me extrañaba cuando le ocurría a Monte: que me quedaba tan absorto en el libro que me tenían que avisar de que había sonado el timbrazo de la cena. Y aunque Monte era, como he dicho, poco aficionado a hablar, una de aquellas noches me dijo que ya veía que iba entrando en la novela, y quiso saber qué me parecía la experiencia, pero yo no supe explicarle mi deslumbramiento, y cómo había hecho míos los esfuerzos de Robinson por ordenar su supervivencia, y cuántas cosas insospechadas y reconocibles había descubierto en ese personaje náufrago.

El caso es que *Robinson Crusoe* fue la primera novela que leí y aquel mismo curso, cuando se acercó el día de mi santo, le pedí a mi tía que me diese algún dinero para libros, y en una salida sabatina entré en una librería y compré la novela de Tom, y la de Huck y el negro Jim, con sus aventuras por el Misisipí, que eran otros libros que tenía Monte, y también el libro con el viaje de Jim Hawkins en busca de la isla del tesoro, que Monte me había recomendado. Y en mis estancias de vacaciones en el pueblo, con mi tía, me pasaba muchas horas entregado a aquellos viajes secretos, mientras ella me miraba un poco preocupada no sólo por mi vista, sino por mi embobamiento, eso de tener que avisarme de que habían venido a buscarme mis amigos para que fuésemos a bañarnos, cuando llegó el verano.

Los primeros resultados de la iniciación en la misteriosa aventura de leer novelas me hicieron sentir respeto por Froilán Monteagudo y ver con creciente antipatía las continuas acechanzas del Ruti y sus esbirros. Pero debo decir que ante el continuo acoso de aquellos verdugos él no permaneció tan inerte como aparentaba. Cuando se acercaba el final del curso, aprovechó una composición de tema libre para hacer una redacción titulada «La victoria» que fue su venganza. Fue una venganza de verdad clamorosa, ya que, como sus redacciones eran tan celebradas por el Estrambote, se las hacía leer en voz alta para ejemplo de toda la clase.

«La victoria» describía el ambiente previo a una final de baloncesto entre los equipos de dos colegios, centrando el asunto en algunos jugadores de los dos equipos, pero sobre todo en los del que iba a ser derrotado, con una breve crónica del partido y de ciertas actitudes de los vencidos después de su fracaso. Desde el primer momento comprendimos que, aunque sus nombres estaban cambiados, los individuos prepotentes, vocingleros, ineficaces, del equipo que al final perdería eran el Ruti y sus más cercanos colaboradores.

La forma de trazar a los personajes se acercaba tanto a la caricatura que pronto se empezaron a oír algunas risas, que fueron arreciando, y que se convirtieron en carcajadas cuando el Purri, capitán del equipo fanfarrón y destinado a perder el partido, en el momento de tirar una personal, no sólo no consigue encestar sino que deja escapar sin querer una ventosidad retumbante que es motivo de burla entre los seguidores del equipo rival, o cuando, tras concluir el partido con enorme desproporción en los respectivos encestes, el Purri, al que secundan otros jugadores de nombres también grotescos, como el Rana o Morritos, grita a los vencedores, lleno de rabia, que han ganado por pura suerte, por chamba. También había sido apabullante en la realidad la derrota de Ruti y su equipo, los maristas habían vuelto a derrotarnos al baloncesto, y parecía que la gente hubiese estado esperando una ocasión como aquélla para mostrar de un modo indirecto y no flagrante su rechazo, pues la mayoría manifestaba un regocijo exagerado, y hasta el padre Estrambote, muy jovial aunque sin mirar a nadie, dijo *vae victis* cuando Monte terminó de leer su redacción.

Sin duda aquello llevó a su extremo el odio del Ruti hacia Monteagudo. Y aquel mismo día sucedió lo que nunca he podido olvidar. Después de la clase de Lengua, en el recreo de mediodía, el Ruti buscó su revancha en un lugar apartado, junto al bebedero que ocupaba un rincón del patio grande. Terminada la clase, muchos de los que tanto se habían divertido escuchando la redacción de Monte parecían haberlo olvidado y mostraban los gestos y las actitudes de cada día: unos jugaban al balón, otros a las bolas. A Monte le gustaba pasear, a veces solo, a veces con otros. Aquel día andaba solo, y el Ruti esperó a que se acercase a aquel rincón en sombra, lejos del cura que controlaba el recreo sin dejar de leer su breviario. Tampoco yo estaba cerca, me había quedado con otros compañeros en un corrillo para seguir regocijándome con los comentarios de la sátira.

Parece que el Ruti insultó a Monte, que lo agarró por la ropa y lo zarandeó. Los chicos que estaban jugando cerca se quedaron quietos para seguir el altercado y yo entonces advertí el grupo, pude observar cómo uno de los esbirros del Ruti sujetaba a Monte mientras el otro le pegaba. Monte se soltó del esbirro, un tal Quique Vázquez, y se defendió del ataque, pero el otro le puso la zancadilla. El Ruti le embistió con violencia y Monte cayó de espaldas, golpeándose la cabeza en el bebedero, y quedó inmóvil sobre la tierra húmeda. Cuando el cura se acercó a él, parecía dormido.

Regresamos a las clases antes de que llegase la ambulancia, y luego supimos que se lo habían llevado al hospital. Ya no volvimos a verlo, y después de unos días pude descubrir que su taquillón estaba vacío. El padre director vino una mañana a nuestra clase para contarnos que las consecuencias del desdichado accidente de nuestro compañero Froilán Monteagudo iban a ser tratadas en un hospital de otra ciudad, con medios muy modernos, y rezó con nosotros un rosario por su total restablecimiento, de manera que pronto pudiese abandonar la silla de ruedas. Luego llegó con rapidez el buen tiempo, el olor del verano, los exámenes, y Monte se convirtió en un recuerdo cada vez más confuso, que para mí solamente recuperaba toda su nitidez cuando me ponía a leer. Pensaba en él desde la isla de Jackson, y pensaba en él a bordo de la balsa, junto a Huck y Jim, y pensaba en él después de que el otro Jim hubiese disparado sus pistolas sobre el timonel Israel Hands.

Creo que a lo largo de las muchas lecturas de mi vida, he seguido pensando en él, pues mientras hacemos ese viaje secreto podemos sentir la presencia de los otros lectores que en otro tiempo y espacio, o acaso en un acto simultáneo, llevan su imaginación por los mismos lugares que la nuestra y conocen las mismas conductas que nosotros o participan también de los mismos sentimientos y sucesos. Acaso la imaginación de tantos lectores forma una comunidad invisible que añade emoción a nuestro viaje. Lo cierto es que yo, aquel verano, leí y releí los tres libros, echando de menos la cercanía de Monte, con quien me hubiera gustado compartir las novedades de mi aprendizaje lector, pero sintiendo al mismo tiempo su huella impalpable de predecesor en la percepción de aquellas peripecias tan estimulantes. Además, fue a pasar el verano al pueblo un sobrino del veterinario que me descubrió algunos libros nuevos, del Capitán Gilson, de Julio Verne, de Conan Doyle, los episodios nacionales de Galdós.

Aquí debería concluir mi historia, pero tengo que contaros algo más. Empecé diciendo que vivo de milagro, y que aquella catástrofe en que murieron mis padres y estuve yo también a punto de perecer me señaló quizá con la tartamudez que me hizo sufrir durante tantos años, y que ha justificado ante mi conciencia una actitud cautelosa frente a los demás que, a pesar de todo, nunca he llegado a abandonar. Pues bien, el verano pasó, llegó el nuevo curso, y otra vez me encontré en aquel internado con los habituales compañeros. Los curas habían preparado una excursión al aeródromo para el 12 de octubre, y muy de mañana, después de la misa, mientras hacíamos en el dormitorio los últimos preparativos, guardando en nuestras bolsas los bocadillos, la fruta y el refresco que nos habían repartido tras el desayuno, se acercó a mí el Ruti.

—Toma, Tototoño, guarda mis cosas en tu bolsa —ordenó.

Era costumbre que se le obedeciese sin rechistar, y acaso en el curso anterior yo lo hubiera hecho, sin sentirme humillado sino fastidiado, aunque supiese que aquella servidumbre comportaba también la de que luego se comiese alguno de mis bocadillos, además de los suyos. Pero entonces se produjo en mi interior una desgarradura a la vez dolorosa y placentera, me sentí Froilán Monteagudo, y me sentí Robinson, Tom Sawyer, Huck Finn, Jim Hawkins, el capitán de quince años.

—Yo no voy a llevar tus cosas —contesté, notando mucho calor en las orejas pero con la voz lo suficientemente alta como para que lo oyeran todos en el dormitorio.

—¿Cómo que no? —preguntó él, levantando también la voz con tono amenazador.

—No —repetí, sintiendo que mi miedo se iba esfumando—, aunque tú y tus matones me dejéis paralítico para toda la vida.

Todos en el dormitorio nos miraban. Después de unos instantes sonó la voz menuda y aflautada de Peloncho:

—El Tenaza me ha dicho que va a volver a andar.

Miré a Peloncho y descubrí en sus ojos un brillo vivo, diferente del habitual. También en la mirada de muchos otros había una expresión nueva, un reflejo de apoyo, como si mis palabras hubiesen hecho aflorar en ellos el mismo pensamiento. El Ruti, tras unos instantes, abrió la boca, pero no dijo nada. Apretaba sus cosas entre las manos y vi que una raja de mortadela estaba a punto de caérsele al suelo. Me dio la espalda y regresó a su parte murmurando algunas palabras despectivas. Fue así como supe que Monte y los viajes secretos de las novelas me habían enseñado muchas más cosas de las que hubiera podido imaginar.

El apagón

A veces, al llegar este tiempo, algún delfín así, pequeño, viene a morir a la playa. Al principio la gente cree que es un juguete de plástico, un flotador de los que llevan los niños. Nadie sabe por qué, para morirse, se acercan hasta quedar varados en la orilla, con el morro apuntando a tierra, como si cumpliesen un regreso. Parecerían juguetes, porque un delfín de plástico puede tener apariencia tan real como uno de verdad, si no fuese por ese reguerito de sangre que les fluye desde el ojo, como una lágrima final. Primero la gente piensa acaso que es un juguete, luego el cuerpo empieza a oler mal y la gente no sabe qué hacer, hasta que a alguien se le ocurre avisarnos. Nosotros venimos y recogemos el cadáver del animal, nos lo llevamos para enterrarlo, porque el parque no está en condiciones de hacer otra cosa, no vaya usted a creer, aquí no hay laboratorio ni nada de eso, no podemos saber de qué ha muerto, con limpiar un poco el montón de basura que deja la gente tirada, sobre todo en el verano, y vigilar que no haya pescadores submarinos, ya tenemos bastante tarea. Sin embargo, y usted sabrá perdonarme, yo pienso que no son reales ni la basura, ni esos pescadores furtivos, ni todos ustedes que llegan aquí en multitud para disfrutar de la soledad de estos parajes de escoria volcánica, ni esos delfines que de vez en cuando vienen a morir a la orilla. Ni siquiera yo soy real. Ya nada existe. El mundo terminó hace años, exactamente en 1992. Claro que una cosa tan grande como el mundo no puede apagarse de una vez. Hasta una bombilla, al fundirse, arroja un resplandor final, el último, que va más allá del apagón. Esto que ahora estamos viviendo es el resplandor del apagón del mundo. Puede durar años, pero sólo es un eco de algo ya concluido. Este delfín, las playas, los montes, las dunas, nosotros. Y digo el 92 porque fue entonces, a finales más o menos, en el momento en que el príncipe Felipe, ensombrerado, llevaba la bandera y su madre la reina se emocionaba tanto. Y claro que no tengo inconveniente en contárselo a usted.

La verdad es que a mí me había sorprendido la admiración un poco ingenua de mi madrina cuando oía hablar de todo lo que se proyectaba para celebrar el quinto centenario del descubrimiento de América, el Quinto Centenario a secas, como se le llamaba. «¡Esto va a ser el fin de mundo!», decía mi madrina, al oír todo lo que iba a prepararse, las autovías, el puentazo en la circunvalación, la exposición universal, los juegos olímpicos, «¡Y un tren que va a ir volando, igualito que un avión!», exclamaba mi madrina, que gloria haya, a quien el anuncio de tantos prodigios le estimulaba para imaginar cosas por su cuenta. Todos los domingos, mi mujer, Rocío, y yo íbamos a almorzar a su casa, porque ella siempre me trató como al hijo que no tuvo, y la pobre se esmeraba en agasajarnos. El tren que iba a volar como un pájaro la tenía fascinada, pero lo que le colmaba sobre todo de admiración era lo de la Expo —mi madrina no era capaz de pronunciar bien esa equis, decía algo así como «eg-po»— que íbamos a tener en la isla de la Cartuja, a la puerta de casa, con ciento y pico de países enseñándonos las formas y las figuras de las cosas del futuro, y lagos, y jardines, y un clima artificial en medio de la isla que, según decían, iba a hacer que allí no se sintiese la calor del estío sevillano. «¡Va a ser el fin del mundo, Curro!», me decía mi madrina, porque en mi casa y los amigos, cuando el mundo existía, a mí me llamaban Curro, y no vea las bromas que hubo al ponerle también el mismo nombrecito a la mascota de la exposición, ese pájaro blanco con el pico y la cresta de colorines como un arco iris.

Nunca pensé que aquella exclamación admirativa de mi madrina acabase convirtiéndose en un vaticinio. Porque yo, como todos, ignoraba lo que el destino había urdido para nosotros, y esperaba el 92 con curiosidad, pero sin la ingenua sorpresa de las gentes del pueblo, como mi madrina, que acaban creyéndose todo lo que dice la televisión. Y fue por entonces cuando apareció Tonio. Tonio estuvo casado con mi hermana, pero se divorciaron cuando no llevaban ni cuatro años de matrimonio, de manera que no sé si sigue siendo mi cuñado, pero fue amigo mío desde la niñez en el barrio. Yo entonces no trabajaba en esto del parque, yo tenía un empleo decente, una colocación que había conseguido tras unas pruebas, casi una oposición, no vaya usted a creer, unos exámenes para los que se exigía el título de bachiller, que es el que yo tengo, y había que aprobar unos ejercicios regulares. No es que ganase mucho, pero Rocío y yo nos las arreglábamos bastante bien, porque ella trabajaba llevando las cuentas tres días a la semana en una empresa de transportes por carretera. Así que entre una y otro, además sin hijos, y sin ser aficionados a salir, ni a gastar, pues las cosas no nos iban mal, como le digo. Pero apareció Tonio. Lo digo así porque siempre sus llegadas eran súbitas e inesperadas, sin avisar, y tras mucho tiempo de no saber nada de él. Como éramos amigos desde la infancia, yo me alegraba de volver a verlo, aunque él aparecía por lo general para pedirme algo. Pues ya le digo que yo, entonces, no trabajaba en un sitio como éste, dedicado a retirar la mierda de los visitantes festivos y a enterrar delfines y cabras muertas, sino que tenía un empleo decente, y hasta ciertas relaciones que me permitían influir a veces en algunas cosillas, llamar a uno aquí y a otro allá y conseguir una información, facilitar algo, una pequeña recomendación, ya me entiende, todo dentro de lo lícito y de lo amistoso.

Sin embargo, en aquella ocasión Tonio no venía a pedir nada, sino a ofrecer. Bueno, por lo menos a proponer. Quiero decir que no venía a pedirme que le presentase a algún otro funcionario como yo, o a que me enterase de cómo iba un asunto oficial que hubiese caído cerca de lo que era mi trabajo de cada día, cosas que le interesaban a él o a otros de sus amigos, sino a ofrecerme la oportunidad de participar en un gran negocio. «¡Venga, Curro! ¿Es que no te has enterado de que el español que no se enriquece es tonto de baba?», me dijo, para empezar. Lo recuerdo como si fuera hoy. Yo había vuelto de la oficina y estaba tomando una cañita en la taberna de debajo de casa, que era de un pariente de Rocío. Me eché a reír, como si aquello que Tonio me decía fuese una más de las bromas a que él era tan aficionado, pero aquella vez en las palabras de mi cuñado, o ex cuñado, o lo que sea el marido divorciado de la hermana de uno, había una intención certera debajo de la zumba. «¿Es que no escuchas lo que dicen los ministros? ¡Hay que hacerse ricos, hombre, que eso es buenísimo para la prosperidad del país!» El caso es que él tenía un plan, y ahora creo que ese plan era también otra de las señales de ese fin del mundo que mi pobre madrina no hacía más que proclamar entre suspiros cuando se enteraba de una más de las maravillas que conmemorarían el Quinto Centenario.

Le digo que yo trabajaba para la administración de aquí, y en un sitio que tenía mucho que ver con ciertos contratos de la famosa exposición universal. Tonio, por entonces, y digo por entonces porque él cambiaba con frecuencia de trabajo, estaba colaborando con una agencia de viajes. Claro que también hacía seguros y, si usted lo precisaba, le conseguía con descuento un buen perfume o un rotulador de oro, pero la mayor parte de su tiempo laboral lo empleaba, como digo, en la agencia de viajes. Y se le había ocurrido una idea que, según él, podía hacernos ganar mucho dinero. Claro que tanto Rocío como yo deberíamos conseguir un permiso laboral durante el tiempo que durase la famosa Expo, entre finales del mes de abril y el 12 de octubre, para dedicarnos solamente a tal negocio. El plan parecía sencillo: se trataba de ofrecer a visitantes de cierta holgura económica uno de esos conjuntos de ofertas turísticas, que incluiría la estancia, durante un par de noches, en un hotel confortable, el billete para entrar en la Expo, el recorrido con uno de los carritos motorizados que iba a haber allí y la entrada a los mejores pabellones. Para ello, Tonio y yo aprovecharíamos los recursos que nos facilitaba nuestro trabajo. Tonio difundiría la oferta a través de la agencia en que trabajaba, con una clave especial que haría que las peticiones le llegasen solamente a él, aunque la agencia, que no conocería el asunto, sería la encargada de facilitar los billetes del transporte. Antes de todo, a través de una persona cercana, acaso el mismo Tonio, debíamos conseguir un crédito de esos que llaman blandos y que concedía el departamento en que yo trabajaba, para facilitar los servicios de hostelería. Habría que crear una sociedad y presentar un proyecto, que Tonio relacionó con la formación de un equipo de guías turísticos. Un crédito modesto, para arrancar los dos primeros meses, pues enseguida el dinero de los viajeros financiaría nuestros compromisos. Con ese crédito daríamos el anticipo para alquilar, durante el tiempo de actividad de la Expo, un hotelito decente, de diez o quince habitaciones, en el centro, cerca de los puentes nuevos que iban a dar acceso a la isla de la Cartuja. Yo también tendría que conseguir que a ese servicio de guías se le adjudicase en exclusiva, durante unas horas cada día, una docena de carritos motorizados. Por lo que tocaba a Rocío, según Tonio tendría que formar parte del equipo, porque nosotros dos no podríamos atender todo el tinglado de llevar y traer a nuestros turistas, y hasta era posible que necesitásemos contar con alguna otra persona de confianza, aunque al margen de nuestra sociedad. «Dos noches en Sevilla, en un hotelito pintoresco, billete de entrada, panorámica motorizada y visita a los mejores pabellones, entrando sin colas. Y para nosotros, descontando los gastos, un montón de dinero de beneficio.» «¿Entrando sin colas? —preguntaba yo—. ¿Y cómo vamos a conseguir eso?». «Déjamelo a mí, Curro, que nos vamos a forrar», respondía él, con la mayor seguridad del mundo. Se lo conté a Rocío. De entrada se sintió muy confusa y rechazó la idea, porque no podía pedir permiso en su trabajo, allí no había esas cosas, tendría que dejarlo, y le daba miedo. Además, lo de tener que ir y venir llevando turistas, hablar cada día con gente distinta, la ponía muy nerviosa, porque ella era una mujer muy reservada, tímida, una mujer guapa, eso sí, de esas sevillanas rubias que hay, pero que ni siquiera se pintaba, y solamente en las ocasiones en que se ponía a bailar, en alguna fiesta, con amigos muy cercanos y gente de la familia, le relucía la mirada con un ardor que me dejaba un poco turbado, como si dentro de mi Rocío hubiese otra menos reservada, menos silenciosa y tranquila, una Rocío llena de alegría y capaz de alborotarlo todo con su vivacidad.

De manera que le dije a Tonio que no acababa de ver el negocio y que Rocío no estaba dispuesta a dejar su trabajo. Pero cuando Tonio se propone conseguir algo acaba haciéndolo. Vino a vernos a casa y le trajo a Rocío un ramo de flores que no cabía por la puerta. Nos dijo que no dejásemos pasar esa oportunidad, ganar más de treinta y cinco millones en cinco meses. Lo tenía todo calculado. Con los precios que nos iba a poner el hotel conseguiríamos un beneficio diario de quince mil pesetas por turista, por lo menos, con una media de veinticinco turistas. Nos hizo las cuentas tras escribir el enunciado, como si estuviese resolviendo en la escuela un problema de aritmética. Fue muy persuasivo, y le dijo a

Rocío que yo podía empezar pidiendo las vacaciones anticipadas y luego un permiso breve, y que si veíamos que la cosa marchaba mi permiso se convertiría en uno más largo, y ella se podría unir a nosotros pisando terreno seguro. El caso es que acabó convenciéndonos. Estaba tan firme en la idea del éxito del plan, que decía que nuestras ganancias serían la base para una empresa dedicada a preparar ese tipo de «paquetes turísticos», así lo llamaba, para los más importantes acontecimientos mundiales. Con lo que, además de hacernos ricos, íbamos a viajar a los mejores sitios del mundo. Cuando se fue, Rocío, que antes no le veía con buenos ojos, dijo que había cambiado su opinión, pues parecía un hombre que sabía lo que quería, y que daba la impresión de que se podía confiar en él.

Como el mundo ha terminado, y esto que estamos viviendo es solamente un eco, no tengo inconveniente en contárselo todo. Constituimos la empresa, una sociedad de responsabilidad limitada cuyos socios eran Tonio, administrador con un sueldo simbólico, y Rocío. Yo estaba muy preocupado cuando solicitaron el crédito, con un informe de Tonio tan largo y prolijo que parecía una novela. Hablé con un colega del departamento de concesiones. Se presentaban muchas solicitudes de créditos, pero abundaba el dinero oficial. Si había dinero para las carreteras, para los puentes, para el tren de alta velocidad, para restaurar los aeropuertos y preparar al mismo tiempo lo de Sevilla y lo de Barcelona, ¿cómo no iba a haberlo para una modesta agencia dedicada a formar guías «especializados en los signos de identidad hispalenses» y «expertos conocedores de la estructura de la Expo 92»? Casi ni tuve que pedir el favor, pues mi colega, en cuanto se lo dije, colocó la solicitud de Tonio encima de todas las demás. Las cosas fueron saliendo bien desde el principio, y eso me animaba mucho. Conseguí también la adjudicación de los carritos, y además con un precio especial por el tipo de labor de difusión turística que iba a realizar la empresa. El hotelito resultó una fonda bastante típica y bonita en el barrio de Santa Cruz, y a la vista del coste real de las habitaciones y de los menús, descubrimos que nuestro beneficio podía ser todavía mayor que el calculado por Tonio. Estaba el problema de las colas en los pabellones, y ahí es donde Tonio mostró sus cualidades indudables para lograr el éxito del negocio. Mandó a un sastre amigo que nos hiciese unas chaquetas azules, ligeras, de botones dorados, que en el bolsillo superior llevaban bordada con mucha discreción la palabra «Sexpotours», abreviatura de «Sevilla, Expo, Tours», que es como se llamaba la sociedad. Y cuando empezaban a terminarse las obras de la exposición, con aquel barullo de máquinas y obreros que trabajaban incansables, mientras cada pabellón instruía a sus azafatas, guías y guardas, Tonio, no me diga cómo, conmigo a su lado, lograba meterse en todas partes, claro que también llevábamos una corbata blanca y verde, y en menos de diez días éramos amigos de muchos, y desde luego de casi todos los que iban a controlar el acceso a los pabellones que se anunciaban como más apetecibles. Y en uno de los bares que empezaban a preparar sus servicios para el acontecimiento, Tonio invitó a los nuevos amigos a una fiestecita, les anunció que nos verían a menudo pastoreando a nuestro pequeño rebaño de turistas, y les pidió que no nos hiciesen esperar mucho. Entre copas de fino y tapas variadas, nuestros nuevos amigos prometieron que la gente de «Sexpotours» sería tratada en plan vip, que ya sabe usted lo que significa, y Tonio, por su parte, les prometió invitarles a ellos de vez en cuando a otra copita como aquélla, para celebrar nuestra buena amistad. Rocío había venido a la fiesta y comprobé que no parecía encontrarse demasiado a disgusto entre aquella gente, toda joven, que acabábamos de conocer, y que se sentía animada con la cercanía de la inauguración. Dijo que estábamos elegantísimos con nuestras chaquetas, y encontré en sus ojos, sin que necesitase bailar, esa luz secreta que tanto me turbaba.

Las cosas salieron bien, o mejor que bien. Ya cuando se abrió la Expo teníamos casi comprometidas todas las plazas del hotel durante tres meses, y al poco quedaron contratadas para todo el tiempo que iba a durar el acontecimiento. Compramos un ordenador, que instalamos en casa de Tonio, para llevar el control de nuestras operaciones, que Tonio desviaba desde su propio ordenador de la agencia, y se puso a trabajar en él una prima de Rocío muy meticulosa. El tercer mes, Rocío dejó su trabajo y Tonio le hizo vestir un traje de chaqueta azul con un prendedor de plata en la solapa que llevaba el nombre de la sociedad. Rocío se cortó el pelo, se hizo un peinado muy moderno, se pintó un poco los labios y los ojos, y todavía parecía más guapa. Nos acompañó a Tonio y a mí en nuestro trabajo y como vio que era una cosa fácil de hacer, fue cogiendo confianza. Y es que, en realidad, el trabajo no tenía complicaciones. Los turistas nos esperaban a las diez y media al otro lado de la pasarela, pues les dejábamos llegar hasta allí solos, con un plano, para que pudiesen disfrutar a su aire de las calles de la ciudad. Después de pasar las taquillas, los distribuíamos en los carritos y les dábamos un paseo por todo el espacio de la exposición. Luego les llevábamos a dos o tres pabellones, el del Japón, tan primoroso, un verdadero monumento a la ebanistería, o ese de Finlandia o Noruega, ya no lo recuerdo, con un árbol al aire desde las ramas a las raíces, hasta las más diminutas, o el de Francia, lleno de amenidades audiovisuales, o el de Italia, que tenía de todo, o el de Chile, con su pedazo de iceberg, o el del galeón, tan bien reproducido que parecía que estabas en alta mar, en otro tiempo. Dos o tres pabellones, ahí terminaba nuestro compromiso, y luego les dejábamos libres, con una entrada para volver a visitar la Expo, si querían. A los turistas les encantaba lo del carrito motorizado y, sobre todo, no tener que guardar cola. Porque íbamos a la puerta de los vips y los encargados, que ya nos conocían, que bromeaban con nosotros en las fiestas a las que les invitábamos, con copitas y pescaíto frito, nos dejaban pasar. Y si no estaba el que conocíamos, con decir «Dígale al encargado que están aquí los de Sexpotours», todo quedaba resuelto en unos instantes, mientras la cola de los visitantes vulgares se extendía cientos de metros. De verdad, yo creo que eso de colarse era lo que más les gustaba a nuestros clientes. Y con muy pocas excepciones, la excursión era para ellos una experiencia agradable. Una de las excepciones fue un tipo de no sé dónde, que chapurreaba bastante el español y que al día siguiente de recorrer la exposición me dijo, con bastante desprecio, que todo lo que allí había estaba pensado para menores de edad, que era una estafa, que no había más que entretenimientos tipo Disneylandia, y que si hubiera llegado a imaginárselo nunca se hubiera comprometido en aquel viaje. Menos mal que estaba Sevilla, y Sevilla lo compensaba todo, añadió el tipo, insistiendo en que la Expo era un engañabobos.

Pero oiga, aquello era lo que le gustaba a la gente, y la gente se volvía loca por entrar en los pabellones más espectaculares, y era capaz de guardar cola horas enteras, y todo estaba lleno hasta los topes, y al atardecer medio Sevilla, que se había comprado un abono, invadía la isla para ver la cabalgata, y la fuente del lago con sus figuras hechas con rayo láser, y llenar los bares y los restaurantes, y hartarse de cantar y bailar. Y a nosotros las cosas nos iban estupendamente, no vea usted. Y como a nosotros, a muchos más. Al margen de los asuntos oficiales habían surgido cientos de pequeños negocios como el nuestro. De las grandes concesiones habían salido muchas contratas accesorias, digamos pequeñas, discretas, y la verdad es que hubo mucha gente que hizo dinero. Tenía razón Tonio cuando repetía lo que había dicho aquel ministro bajito, navarro, con cara de mala leche, de que España era un lugar propicio para enriquecerse. La Expo dio dinero a mucha gente, menos a mí, aunque eso ya no importa, después del fin del mundo. Pero vamos por partes. Tonio era, no digo es porque él ya no existe, como ninguno de nosotros, y no me lo tome usted a mal, digo que era hombre de buenas ideas, pero creo que lo suyo no estaba precisamente en el ahorro. Me explicaré. Como las cosas empezaron tan bien, ya el primer mes en que estuve con permiso me pagó el sueldo que había dejado de cobrar, y lo hizo prácticamente durante todos los meses siguientes. Pero el tercer mes, cuando Rocío dejó la empresa de transportes para unirse a nosotros, no sólo le pagó el sueldo a ella sino que le regaló uno de esos relojes rolex de oro que son el no va más en su especie. ¿No recuerda el chiste de los dos vascos que van a buscar setas y uno de ellos dice, oye, Josechu, aquí hay un rolex de oro, y el otro le contesta, muy enfadado, pero estamos buscando setas o estamos buscando rolex de oro? Perdóneme si es usted vasco, no era por molestar, es una manera de señalar lo valioso que es un rolex de oro. Y también lo de los restaurantes. Todas las semanas íbamos a cenar por ahí un par de veces a los mejores sitios, los platos más caros. A mí me preocupaba tanto gasto, pero Tonio se echaba a reír. «No sufras, Curro —decía—. Lo nuestro no va a ser un pelotazo de los que dan los peces gordos, pero te aseguro que en octubre cada uno de nosotros se va a meter en el bolsillo quince millones de pesetas limpios de polvo y paja». Y no sólo los mejores restaurantes. Vimos cantar romanzas de zarzuela a Plácido Domingo, y unos estupendos ballets, y conciertos de rock, y si no nos tomamos copas en todos y cada uno de los bares de la Expo es porque había más bares que días de feria.

Lo curioso es que a Rocío todo aquello no parecía sorprenderla, y tampoco disgustarla, a ella que hasta entonces había sido tan renuente a los dispendios, y hasta le diré que ahorradora. «Este Tonio no sé lo que está haciendo con el dinero», decía yo, porque para evitar complicaciones conmigo, por aquello de mi condición de funcionario, todo iba a una cuenta suya. «No te preocupes, Curro —me contestaba ella—, Tonio dice que para ganar hay que gastar, y parece que todo está marchando a las mil maravillas». Pero qué quiere que le diga, ya no teníamos aquellos ratos de antes para nosotros solos, cuando yo, acompañándome de la guitarra, le cantaba esos boleros antiguos que le llenaban de lágrimas los grandes ojos claros: «Nosotros que nos queremos tanto», «Reloj, no marques las horas», «Aunque no quieras tú, ni quiera yo, ni quiera Dios». Sin embargo, yo pensaba que aquello que estábamos haciendo era como una de esas misiones en el frente, o en la luna, uno de esos trabajos a plazo fijo que vemos en las películas, claro que sin los riesgos que corren los héroes del cine, y que, cuando terminan, devuelven a los protagonistas al mundo de sus hábitos cotidianos, con el añadido de la felicidad. Pero estaba escrito que las cosas iban a terminar de otro modo, como en los boleros. Para empezar, los domingos dejamos de ir a comer a casa de mi madrina, como dejamos de asistir a las procesiones de la cofradía, y de dar por el parque los paseos de costumbre. Un día me avisaron de que a mi madrina la acababan de ingresar en el hospital. Dejé a mis turistas con Tonio y Rocío y me fui a verla. Se había roto la cadera en una mala caída. Sin dolores ya por los calmantes, cuando entré me reprochó con dulzura que la tuviese tan abandonada. Yo le expliqué que estaba metido en un negocio que podía darme mucho dinero, y ella me contestó: «¿Para qué quieres el dinero cuando no lo necesitas?». «Pero madrina —repuse yo—, el dinero siempre se necesita». «Ay, Curro, ten cuidado, que el demonio nos tienta por donde puede.» Pobre madrina. La operaron, y parece que esa intervención solamente sale mal en un uno y pico por ciento de casos. Pues el destino la había incluido a ella en el porcentaje fatal, agarró una infección de quirófano y falleció en quince días. Y ante su cadáver, tan triste como cuando murieron mis padres, yo sentí que todo había cambiado brutalmente, me pareció que los objetos y los muebles y hasta las paredes que me rodeaban no tenían la consistencia habitual, y fue la primera vez que intuí que aquello del fin del mundo que ella tanto había repetido en los últimos tiempos de su vida podía tener algo de profecía.

Con la llegada de los primeros calores fuertes, Tonio nos anunció con mucha solemnidad que en su cuenta, en la que tanto él como Rocío como yo debíamos participar en la misma medida, había más de quince millones. Estábamos en la terracita de un bar, y sobre nosotros se alzaba la Giralda iluminada, y yo me sentí también lleno de luz, pensando que el futuro estaba cargado para nosotros de prosperidad y buenos augurios. Luego el calor apretó más, y los aparatos que llamaban micronizadores, con su agua hecha polvillo nuboso, los grandes toldos, los ventiladores, le daban al conjunto un frescor que nadie en Sevilla se hubiera podido imaginar. Tonio dijo que íbamos a devolver el crédito y a disolver la sociedad, y que a partir de entonces todo sería ganancia neta. «Lo siento por Hacienda, pero no va a sacar ni un duro de todo esto», añadió, echándose a reír. A mediados de agosto, una noche, Rocío no vino a dormir a casa. Eran jornadas de mucho trajín, con el hotel rebosante de viajeros y hasta algunas habitaciones alquiladas en otros sitios, y nosotros estábamos obligados a atender en la isla a muchos más clientes de lo habitual, incluso haciendo otro turno por la tarde, y aunque me sorprendió casi no tuve tiempo ni tranquilidad para llevar mi extrañeza hasta otros límites que fuesen más allá de los compromisos laborales que nos agobiaban. Pero al día siguiente, mientras los turistas a nuestro cargo iban ocupando sus carritos, quise saber cuál había sido el motivo de su ausencia nocturna, y en sus ojos hubo una huida desolada que nunca había vislumbrado antes, y que me acongojó, porque descubrí que aquella Rocío secreta que anteriormente se mostraba en la Rocío de cada día sólo cuando ésta bailaba o se divertía en alguna de las fiestas familiares, ocupaba ahora un lugar importante en el comportamiento de mi mujer, y que otra u otras nuevas Rocíos empezaban a asomar a través de su mirada. Y que aquella Rocío que acababa de enseñar su ademán escurridizo parecía estar muy lejos, no solamente de la Rocío originaria, de la Rocío tímida y silenciosa que mi mujer era la primavera anterior, sino de mí mismo, como si nuestra sencilla relación, aquella pacífica convivencia entre cuyos momentos más tiernos se encontraban las veladas en que yo tocaba para ella la guitarra cantándole «Cuando la luz del sol se esté apagando y te sientas cansada de vagar», había sufrido alguna importante transformación. Sin embargo, por encima de todo se hizo más firme la intuición de que había algo más allá de mí y de ella, algo que nos envolvía a nosotros y a todos los demás, dando signos seguros de un final que afectaba al espacio y al tiempo que ocupábamos. El fin del mundo. E igual que había sentido cuando murió mi madrina, tuve la sospecha segura de una catástrofe que estaba ya muy cercana, y que los cambios evidentes en la actitud de Rocío hacia mí eran signo también de alguna infausta consumación. A principios de septiembre, Tonio, cada día más jovial, en una de las cenas de jabugo, cigalas y dorada a la sal en que a menudo nos congregaba a los tres, me dijo que, disuelta la sociedad, ya todos los rastros de nuestro negocio se habían esfumado, y que el balance final iba a andar por los cincuenta millones. Claro que no estaba a la altura de una operación de ingeniería financiera propia de un Mario Conde, decía, pero bastante cosa era para unos aficionados. Rocío seguía evasiva y lejana. La semana antes de la clausura de la Expo, al llegar una noche a casa, encontré una carta de ella. Era muy afectuosa, llena de simpatía, pero me comunicaba que me dejaba por Tonio, pues había descubierto que él era el verdadero hombre de su vida. «Perdóname y consuélate al menos con el dinero, porque le he convencido a Tonio para que te deje mi parte, además de la tuya. Me ha dicho que ya lo ha ingresado en tu cuenta. Una pequeña compensación por este disgustazo, mi vida. Te querré siempre como la mejor y más cariñosa de tus amigas.»

Al parecer, se marcharon lejos, muy lejos, pero no me dijo adónde. Allí estarían ahora si el mundo no se hubiese apagado. Con su buena fe, Rocío no podía imaginarse que Tonio no cumpliría la promesa que le hizo. No me dejó la parte de ella, pero tampoco me dejó la mía. Y con las prisas de su amorosa escapada, aquel mes ni siquiera ingresó en mi cuenta la cantidad equivalente a mi sueldo, como ya le he dicho que acostumbraba a hacer desde que pedí el permiso en mi trabajo. Puede usted figurarse cómo me quedé. Nadie de Sexpotours atendió a sus clientes en los últimos días. Yo andaba medio perdido, incapaz casi de pensar y sintiendo, ya con certeza, los precedentes del final del mundo. El día de la clausura mi triste vagar callejero me llevó a la isla de la Cartuja. Yo estaba convencido de que entre los fuegos artificiales, los grandes hologramas y el júbilo del desfile carnavalesco vería cumplirse mi intuición, pero no fue así. El mundo terminó un poco más tarde, cuando la olimpiada de Barcelona, en el momento en que el príncipe Felipe, con su sombrero terciado y la bandera, elevaba hacia sus augustos progenitores aquella mirada confianzuda. Yo estaba en el bar de debajo de casa, donde desde el abandono de Rocío recibía la atención más delicada y conmiserativa que el patrón podía expresar, y de repente vi que la pantalla del televisor palidecía poco a poco. Salí corriendo a la calle y fui testigo de la descomposición de lo existente, cómo los edificios se iban esfumando en el aire hasta regresar a la nada de donde todos venimos, cómo el cielo adquiría un fulgor vivísimo, primero rojo y al fin blanco, antes de una repentina explosión muda en que la luz alcanzó sus propios límites.

Por eso he sufrido con tanta serenidad todo lo que ha venido después. Primero, los líos con la agencia de viajes, que acabó descubriendo los enjuagues de Tonio y quiso empapelarme a mí, el único presente de los tres, aunque el juez reconoció que no era socio y me eximió de responsabilidad. Fue peor lo de mi trabajo, el expediente que me hicieron, con el instructor llamándome por escrito Rinconete, Cortadillo, Buscón, como si nuestro negocio no hubiese sido sólo la insignificante molécula de unas aguas procelosas. El caso es que me castigaron sin empleo ni sueldo durante un año, y luego me trasladaron aquí, a este desierto pedregal, entre las dunas fósiles y los acantilados de basalto, para que recogiese la basura y retirase el cadáver de un joven delfín como éste, enfermo de algún mal desconocido, que ha dejado la manada para venir a morir aquí, en el mismo sitio en que dicen que se concentró la flota española de la armada que ganó la batalla de Lepanto. Pero yo lo veo todo como lo que es, el sueño excedente de algo que terminó en el 92, cuando el apagón del mundo.

Dedicatorias

«Celina y Nelima» es para Gonzalo Sobejano, en su homenaje.

«Sinara, cúpulas malvas» es para Chevis Arce, que conoció conmigo aquellas pensiones de los sesenta.

Dedico «El inocente» a la memoria de Elenita Viñuela, que vivió muchos años en la inocencia.

«All you need is love» es para Roberto Merino y Mari Nieves Arce.

Dedico «Maniobras nocturnas» a la memoria de Andrés Viñuela, esforzado ciclista en el regimiento de Toledo.

Dedico «La casa feliz» a la memoria de Matilde Moríñigo Ávila, que disfrutó de su casa nueva con tanta brevedad como alegría.

«El fumador que acecha» es para Rosa Montero, compañera de bolos.

La crítica ha dicho de *Cuentos de los días raros*:

«Su genio como contador de historias brilla esplendoroso, al nivel de los mejores ejecutores de este antiguo y difícil arte de narrar historias.»
ABC

«Por los cuentos de Merino circula libremente el aliento poderoso de la fantasía, y en sus personajes los límites entre lo vivido, lo imaginado y lo soñado se borran a menudo con naturalidad, sin énfasis, sin retórica ni interjecciones, porque lo misterioso e incomprensible forma parte de la existencia cotidiana.»
EL MUNDO

«El mundo de estos días raros transita a su vez entre posguerra y la contemporaneidad ineludible. Todo resulta subyugante, porque lo extraordinario se instala en los pliegues de la realidad de forma natural.»
EL PERIÓDICO DE CATALUNYA

«El libro permite al lector vivir las páginas de mil maneras mediante esa vieja técnica —la verdadera lectura, casi se podría decir— que consiste en caminar a través de las palabras para hacer de ellas lo que la literatura precisa, música no exenta de silencios: para espantar a las sombras, o identificarlas al menos, haciendo de todo eco una luz.»

La Voz de Galicia

«A través de esos momentos de lucidez y revelación propios de los días raros que tan certeramente narra Merino, unas veces extáticos, otras patéticos, en ocasiones casi terroríficos, cuando entrevemos que el mundo en el que creemos vivir, tan sólido, plano y cotidiano, se halla en realidad presto a una maravillosa revelación, o bien asomado al abismo de una terrible ruptura (…) Todos los *Cuentos de los días raros* comparten un rasgo que les proporciona un singular atractivo. Se trata de lo que, a falta de un término más preciso, podríamos denominar como la "emoción", es decir, un clima afectivo que de alguna manera unifica las diversas historias y las hace cercanas al lector.»

Eduardo-Martín Larequi

www.lenguaensecundaria.com

Entrevista a José María Merino:

«Me encanta vivir, pero siempre me ha parecido raro.»

PREGUNTA: Afirma en la nota del autor que encabeza *Cuentos de los días raros* que, lejos de la aparente monotonía en que nos movemos, nada hay que no sea raro en nuestras vidas, ¿siente usted esa extrañeza en lo cotidiano?

JOSÉ MARÍA MERINO: En realidad, la aparente monotonía, o rutina, de cada día, es sólo un interludio. Lo cotidiano que se repite da una idea de eternidad que puede ser satisfactoria pero que es engañosa, estupefaciente. La condición humana, como la de todo lo que nos rodea, es algo efímero, con plazo de caducidad, que no parece tener sentido. Yo siento muy a menudo esa extrañeza. Me encanta vivir, pero siempre me ha parecido raro.

P: ¿A qué se refiere cuando utiliza la expresión «realismo quebradizo» para denominar uno de sus registros literarios?

JMM: A esa mirada que, sin apartarse de las referencias realistas, sin entrar decididamente en lo fantástico, alude precisamente a los elementos extraños, no racionalizables, que continuamente acechan a lo real, y que, para empezar, tienen mucho que ver con ese patio trasero de la vigilia que constituye el mundo de los sueños.

P: La literatura, como «crónica de la extrañeza», ¿qué aporta al mundo real?

JMM: La literatura le da siempre corporeidad, densidad, a lo real. Por ejemplo, cuando una ciudad ha tenido o tiene literatura sobre ella, los lectores la comprendemos con más profundidad, a través de claves que los puros hechos de cada día no son capaces de desvelarnos. Creo que toda la literatura interesante, sean cuales sean el estilo y la voz de su autor, tiene que ver con esa extrañeza. En mi caso, la extrañeza está buscada a propósito, como una lente que utilizo para entender mejor lo que me pasa y lo que les pasa a los demás.

P: La fantasía de la infancia alcanza, según Merino, a la edad adulta. ¿Qué importancia le da a las lecturas infantiles y a los cuentos?

JMM: No sé si esto se puede generalizar, pero yo, como lector, me formé en la infancia, antes de la adolescencia, de manera que lo que pudiéramos llamar mi cultura lectora es un hábito que forma parte de mi personalidad. Seguramente tengo tendencia a ver la vida con los ojos de la literatura, lo cual no deja de ser bastante quijotesco. Las aventuras de Heidi, de Tom Sawyer, de Huckleberry Finn, de Jim Hawkins, del capitán de quince años, de Gabriel Araceli, fueron mis propios libros de caballerías.

P: Algunos de los cuentos de este libro podrían ser encuadrados en el género de ciencia-ficción. ¿Se siente cómodo en este género? ¿Qué sentido tiene la literatura fantástica en nuestros días?

JMM: Hay algún homenaje al género, otra de las utopías del siglo XX que me interesó mucho. Al escribir cuentos suelo trabajar con lo fantástico, y a veces juego con ciertos aspectos de la «fantasía científica» que me sirven también para resaltar puntos extraños de la realidad: en este libro, «Celina y Nelima» es una reflexión sobre nuestra relación con lo cibernético, y «Mundo Baldería» habla otra vez de la relación de la literatura y el sueño con la vigilia.

P: Algún crítico ha señalado que Merino utiliza la literatura fantástica para socavar los cimientos de la cultura racionalista. ¿Qué diferencia habría entre irracionalismo y apertura al misterio?

JMM: Yo estoy formado en el culto a la razón y a la lógica formal. Pero del mismo modo que ya no hay ciencia que se atreva a llamarse «exacta», me parece absurdo pedirle «exactitud» a la literatura. La literatura, quiero decir la buena literatura, habla sobre todo a nuestra parte oscura, simbólica, a nuestra intuición poética, para oponerla a la visión mostrenca, rutinaria, conformista, de la sociedad de mercancías que nos rodea. Eso no pertenece al irracionalismo, sino más bien es la herencia de lo que ha sido la ficción para los seres humanos desde sus inicios.

P: Además de la intriga, la tragedia o el horror, también el humor está presente en estos relatos. ¿Es un guiño para acercarse al lector?

JMM: Cada cuento tiene sus exigencias, establece sus reglas, y el trabajo del escritor consiste en respetar las reglas impuestas por el cuento que escribe. En esta colección hay a veces una perspectiva irónica que encuentra en el humor uno de sus elementos expresivos. Incluso hay cuentos fantásticos donde aparece el humor. Algún crítico ha apuntado, como norma, que el humor destruye lo fantástico. Yo no estoy de acuerdo con eso, creo que la distancia irónica añade perspectiva a la ficción, por encima de géneros y modos de escribir.

Un joven mestizo, Miguel Villacé Yólotl, participará en uno de los sucesos más importantes de la historia de la humanidad.

América: territorios lejanos y salvajes, antiguas ciudades abandonadas desde tiempos remotos, fabulosos tesoros que esperan ser descubiertos, un adolescente que se descubre a sí mismo...

El oro de los sueños es una magnífica crónica de la conquista de América, narrada desde la mirada inteligente y lúcida de un joven de quince años.